FRANÇOISE LEFÈVRE

ALMA
OU
LA CHUTE DES FEUILLES

ÉDITIONS DU
ROCHER
Jean-Paul Bertrand

ISBN 2 268 04322 3

« Murmurer ici-bas
quelque commencement
Des choses infinies… »

VICTOR HUGO

LA VIE,
CONTE D'ANDERSEN

« … L'espérance… serait la plus grande des forces humaines si le désespoir n'existait pas. »

VICTOR HUGO
Quatre-vingt-treize (III, IV, XI)

Une grand-mère suédoise
La longue sieste de Madame Neige

Est-ce de ma grand-mère suédoise, Hermine B., que je tiens le début de ce conte ? Ou l'ai-je inventé ?

C'est l'après-midi d'une fin de printemps que Madame Neige décida d'en finir avec ce chagrin qui dévorait sa vie, rongeait son corps et son esprit. Un chagrin d'amour si noir et profond qu'il lui brisait les os, avalait ses forces vives. Elle pouvait à peine tenir debout. La désolation était en train de la tuer.

Une Sibérie de l'âme

La joie s'était brusquement retirée de son cœur. Elle n'arrivait plus à sourire, ni à prononcer un mot. Elle ne reconnaissait rien de sa ville, de son quartier. Même les arbres, le murmure du vent dans leur feuillage, elle semblait ne plus l'entendre. Ne plus vouloir y répondre. Elle recherchait encore leur ombre bienfaisante, mais comme pour un ami qui se serait éloigné trop longtemps, sans donner de nouvelles, elle avait cessé de penser qu'ils lui offraient leur protection. Elle ne baisait plus leur écorce, ne les étreignait plus jusqu'à sentir monter et circuler dans ses membres la sève des siècles et trouver dans ce geste force et consolation. Désormais, elle n'éprouvait pour les arbres qu'une gratitude lointaine.

Elle savait que cette désaffection naissante pour les arbres, les êtres, la parole échangée, cette insidieuse anesthésie de tout son être, était le signe d'un certain détachement. L'éloignement de la vie chaude, exaltée, émerveillée, celle où l'on rit de bonheur sous un cerisier en fleurs. Où l'on titube de joie, simplement en regardant le ciel.

Elle sentait qu'elle abordait un long exil en elle-même, déportée vers un pays glacé, une sorte de Sibérie de l'âme.

Tout son être commençait à geler.

L'été, le rouge des coquelicots

Partout où elle se trouvait, elle se sentait perdue. Étrangère aux saisons. Aux moissons. L'été, la trop vive clarté de l'azur la blessait mortellement. Le rouge des coquelicots lui mettait les larmes aux yeux à cause de ces histoires d'amour aussi navrantes que la sienne, où l'on meurt dans les blés, poitrine nue, ensanglantée, après avoir si follement aimé son amant. Elle restait là, suffoquant d'absence entre l'azur et les blés. Et la vision des blés et des coquelicots bougeant sous le vent parfois brûlant attisait ce mal sans nom qu'est l'amour qui s'achève. Elle n'osait pas même un geste pour caresser les épis. Encore moins poser les lèvres sur le cœur d'un coquelicot. Le chagrin commençait à la pétrifier.

Elle le savait.

L'hiver. Le silence

L'hiver, la neige et le silence, cette sorte de lumière boréale, qui autrefois la ravissait, aujourd'hui, la remplissait d'une telle mélancolie qu'elle n'avait plus la force de prendre un enfant par la main pour l'entraîner à patiner sur des lacs gelés ou le tirer sur une luge comme elle l'avait fait si souvent, des dizaines d'hivers auparavant. Elle avait honte de ne plus savoir rire avec eux. Honte de cette tristesse qui ne voulait pas céder. Elle détournait les yeux afin qu'ils ne voient pas ce voile qui assombrissait son regard. Ils comprennent tant de choses.

Elle ne savait où aller, vers qui se tourner. Elle n'osait parler à personne de ce chagrin. Et c'était comme si elle devait supporter le poids d'une dalle mortuaire sur sa poitrine.

Il neige des fleurs de cerisiers

Elle sentait qu'elle perdait ses forces vives, se mettait à trébucher, à trembler, comme si un invisible prédateur buvait son sang.

L'après-midi d'une fin de printemps, elle décida de mettre un terme à cette souffrance. Elle ferma les volets de sa chambre, tira les doubles rideaux, s'allongea sur son lit. Elle s'endormit pour ne se réveiller qu'au bout de vingt-cinq ans. On peut dire qu'il s'est agi d'une longue, très longue sieste.

C'est alors que la neige se mit à tomber. Mais on pense que c'était plutôt une de ces neiges de pétales de fleurs blanches. Sans doute des fleurs de cerisiers. Une véritable bourrasque en souleva des nuées qui tourbillonnèrent comme des flocons et recouvrirent tout le paysage.

Comprendre d'où vient ce chagrin

Derrière ses volets clos, Madame Neige dormait. Elle voguait loin, très loin de la douleur. Plus rien ne pouvait ranimer son chagrin. Sous ses paupières, elle laissait défiler les images heureuses de son existence. Elle y entrait comme elle voulait. En sortait pareillement. Elle revisitait sa vie pour essayer de comprendre d'où venait son chagrin. À quel moment elle s'était senti mourir. Quand était-elle entrée dans cette mort lente et blanche ? Insupportable ? On lui avait pris quelque chose de son âme, de sa foi en l'amour, de son sourire. Qui ? Où ? Quand ?

Plus elle s'enfonçait dans le sommeil, plus son âme vieillissait, tandis que son apparence rajeunissait.

Ce sont les mots qui ont manqué

Même le chant du coq les matins d'avril, le ciel bleu sur le toit de sa maison, le roucoulement des tourterelles, même le bruit du vent dans les blés, celui du passage au loin des trains, rien ne pouvait sortir Madame Neige de son sommeil. D'ailleurs, personne ne s'apercevait qu'elle dormait. Elle avait trouvé un moyen très subtil d'être au monde. Elle souriait vaguement presque en toute circonstance, acquiesçait d'un léger mouvement de tête à ce qu'on disait, accomplissait du mieux qu'elle pouvait les tâches quotidiennes. Cela lui permettait de glisser de jour en jour. De porte en porte. De rue en rue, de gare en port, sans qu'on remarqua sa présence, non plus que son absence. Elle retournait dans les jours heureux de sa vie, dans les jours sombres aussi, cherchant à savoir ce qui lui avait tant manqué. Elle comprit que c'étaient les mots.

Les mots d'amour.

Alma. Le prénom restitué

Dans ce sommeil où elle se trouvait, il n'y avait plus de frontière entre vivants et morts. Les disparus avaient une âme errante qui parfois s'attardait auprès de la sienne. On venait lui parler. L'exhorter. La réprimander. La conseiller. La consoler. On l'entourait.

D'entre ces chuchotements d'outre-tombe, elle discerna la voix d'un poète qui l'avait follement aimée et qui était mort depuis près de trente ans. Il prononça un nom qui n'était pas le sien et que pourtant elle reconnut : *Alma.*

Il flottait au-dessus d'elle et ne cessait de dire son nom, d'une voix lente et basse. Son nom à elle, volé, massacré, bafoué, couvert de crachats, il le lui rapportait comme un joyau sauvé des décombres. Il lui restituait ce nom qui fût le sien dans une autre vie.

Il l'appelait, l'exhortait, répétait son prénom avec force pour la réveiller, la sortir de cet engourdissement, ce froid de mort où chaque jour elle s'enfonçait davantage : *Alma… Alma… Alma… Alma…*

Dans son sommeil désolé, elle se souvint que ce prénom avait été le sien. Elle comprit qu'elle l'avait perdu pour l'avoir donné en gage. Un gage d'amour. C'était par la voix de cet homme qu'il lui était redonné.

Lentement, elle partirait à la reconquête de ce prénom dont on l'avait dépossédée : *Alma.*

Cependant, je continuerai à l'appeler *Madame Neige*, tant qu'elle n'aura pas achevé sa métamorphose. Ensuite, j'écrirai son prénom qui est aussi le mien : *Alma.* Il y a si longtemps qu'on ne m'a appelée ainsi.

Le voyage très risqué d'une âme

Comment expliquer ce rêve, si profondément érotique. Un ami mort depuis plus de vingt-cinq ans, amoureux ardent, auquel je n'avais accordé qu'un baiser sur la joue, m'a rendu visite cette nuit. Je ne l'ai pas reconnu tout de suite. J'ai d'abord été prise dans l'ouragan d'un plaisir violent sans savoir d'où il venait. Qui me le donnait. J'étais pénétrée, transpercée, sans qu'il y ait matérialisation de l'objet de mon plaisir. Ma jouissance était infinie.

J'ai reconnu la voix de cet homme ou plutôt ce souffle un peu rauque, murmurant, m'exhortant : *Alma !* J'ai senti la volonté d'un amant impérieux qui ne vous lâche pas dans le plaisir. J'en ai été troublée et bouleversée, car c'était là le don d'un homme qui m'aimait infiniment. C'était comme une voix d'outre-tombe, une sorte de murmure venant d'un être ou d'une âme qui, après avoir accompli un voyage au-delà de ses forces pour vous rejoindre, ne veut pas desserrer son emprise. Un être qui aurait déchiré le temps pour venir me conforter, m'accompagner, m'entourer dans ma vie d'humaine. J'arrivais à capter certaines paroles :

Tu n'es pas sûre de la résurrection de la chair… Accomplis-toi, ici et maintenant… On ne flambe plus dans l'éternité… L'âme erre seulement, comme la mienne aujourd'hui… Pour te rendre visite j'ai accepté de m'immerger à nouveau dans les souffrances humaines, celles-là mêmes que tu vis aujourd'hui.

J'ai très distinctement entendu un sanglot. Le désarroi d'un homme qui ne peut réprimer ses larmes.

Après un silence, d'une voix altérée par le chagrin, il continua :

C'est parce qu'il m'était intolérable de te voir dans ta douleur que je veux la prendre à mon compte avant de retourner dans les limbes… Je suis venu te dire : Vis, Alma ! Vis ! Je t'ai retrouvée et sans même te toucher, je t'exhorte à me donner ce que tu m'as refusé de mon vivant. Jamais tu ne connaîtras un tel orgasme éveillée… Parce que tu en as peur… Tu as peur de reconnaître et de nommer celui qui a massacré en toi les forces de l'amour… Celui qui a épuisé ton âme pour éponger ses deuils et son Mal-être. Au début, il en a éprouvé de la honte et même du remords. Mais le moment arrive où l'on considère qu'on est dans son bon droit, malgré le chagrin et le désarroi de celle à qui l'on ment et que chaque jour, un peu plus, on dépouille de ses joies élémentaires. En effet, tu ne pourras pas le nommer celui qui t'a tuée. Il est innommable. Tu as été l'objet de prédations inouïes.

Aujourd'hui, alors que tu as compris, ton âme est devenue trop sombre… Ta mélancolie enchaîne ton corps… Je suis venu te dire : sors de ton sommeil, Alma ! Vis ! Écris ! Tu sais bien que les mots peuvent redonner vie… Mais tu sais aussi que tu seras seule sous le ciel avec une poignée de cailloux blancs pour ne pas t'égarer, le souvenir des voix de ceux qui t'ont aimée, sans que tu le reconnaisses toujours… Je vais retourner dans les limbes… Je te laisse à ta condition d'humaine… Fais ce que tu n'as jamais osé faire… Pour venir te parler, j'ai dû payer comme un droit de passage… Je suis condamné à l'errance bien plus longtemps… Tout se paie et pour te revoir, te parler, te dire que je t'aime, te restituer ton prénom arraché aux ténèbres, t'aider à comprendre ce qu'on t'a fait, ce qu'on t'a pris, c'était le tribut à payer. Adieu. À bientôt, dans l'autre monde.

Tu sais, la mort, c'est vite arrivé. Souviens-toi de moi.

Souviens-toi que j'aimais les myosotis.

Compagnie des vivants et des morts
Fraternité des ombres

Aujourd'hui, pour moi, la frontière entre vivants et morts est de plus en plus ténue.

Je n'avais pas deux ans quand ma grand-mère suédoise mourut, me laissant un livre des contes d'Andersen. Depuis, je suis toujours dedans. Le livre, aujourd'hui égaré, était un fort volume à la couverture bleu sombre, doré sur tranche, extrêmement luxueux, magnifiquement relié et illustré.

Je suis entrée dans ces images, m'y attardant plus que de raison, comme dans une demeure enchantée, un parc ensorcelé dont on ne trouve plus la sortie. J'y erre toujours, captive de la plupart de ces contes. Depuis l'enfance, l'intuition que je vivrai certains d'entre eux ne m'a jamais quittée.

Ce cadeau des fées : des mots qui aident à vivre

À l'heure où j'écris, je sais que ma grand-mère suédoise, penchée sur mon berceau, a formulé des vœux et des souhaits pour que je sois heureuse et que je réussisse dans mes entreprises. Elle m'a dit des choses que j'entendais mais ne pouvais pas comprendre. Ces mots se sont déposés dans ma mémoire. Ils prennent leur essor aujourd'hui. Certes, c'est un peu tard dans ma vie. Mais je sais qu'elle a prononcé des paroles d'amour pour m'accompagner tout au long de mon existence. Des mots qui fortifient. Des mots dont j'ai grand besoin aujourd'hui. Les défunts auraient-ils une âme qu'ils prêteraient parfois aux vivants pour les soutenir dans leurs épreuves ? Je crois que oui.

Quelqu'un m'a confié que ma grand-mère aurait affirmé que je deviendrais écrivain, un jour. J'ai attendu l'âge de trente ans pour oser écrire mes premiers mots.

L'étoile Polaire

Est-ce à cause de mes origines suédoises et prussiennes qu'il y a tant de neige dans mes livres ? De la neige, des rennes, des traîneaux, des grelots, des trolls, l'envol d'oies sauvages sur des lacs gelés, des sapins givrés, des enfants qu'il faut sauver d'un carnage, l'amour fou dans des chaumières où brûle un feu qui ne s'éteindra jamais. Et, par-dessus tout, brille l'étoile Polaire, seule étoile fixe du firmament. Elle scintille moins que les autres, mais elle indique toujours le nord.

Bien longtemps après sa mort, je suis persuadée que les vœux prononcés par ma grand-mère suédoise m'aident à vivre aujourd'hui.

Andersen toujours

Ce qui revient sans cesse, ce qui m'assaille, ce sont des séquences de conte.

Il me semble que j'ai vécu, bu jusqu'à la lie plusieurs de ces contes d'Andersen, héritage de ma grand-mère. Je suis entrée dans leurs tourments. J'y suis morte plusieurs fois.

Dès l'enfance, je craignais d'avoir à les vivre un jour. C'est arrivé. D'une certaine façon, c'est arrivé.

Donner sa langue à couper
Perdre ses mots

J'ai été transformée en écume de mer avec *La Petite Sirène* pour avoir très imprudemment donné ma langue à couper en gage d'amour. Ma langue, je le comprends seulement maintenant, c'est ma voix. Et ma voix, c'est mon écriture. Il s'agit d'un gage d'amour. J'abandonne ma voix pour tenir une promesse. Donner la priorité à l'amour. Aux enfants. Aux urgences de la vie qui laminent toujours l'écriture. Oui, chaque fois que j'ai aimé, j'ai abandonné ma voix. Tant d'autres choses vous occupent et vous exaltent dans l'amour, qu'écrire apparaît comme un acte contre nature.

Une activité taciturne.

Un sentiment d'abandon

Un autre récit m'interpelle, celui de *La Petite Marchande d'allumettes.* J'ai vécu la violence de cet abandon. Quand la vie frappe trop fort. Quand la chance vous quitte. Quand ceux qu'on a aimés ne vous reconnaissent plus. Comme elle, je me suis retrouvée sur un trottoir de neige. Je n'ai pas eu sa malchance. Je ne suis pas morte de froid, mais éternellement je garderai en mémoire la morsure du gel, ce sentiment d'abandon. Mais je garderai aussi l'espoir fou de ne jamais voir s'éteindre l'étincelle de la dernière allumette. Est-ce pour cette raison que j'ai été attentive aux choses de l'amour, à entretenir ce feu de chaque jour qui ne souffre pas la médiocrité, les fautes d'attention ? Aujourd'hui, il s'agit de reprendre ma vie, ramasser trois morceaux de bois et m'obliger à faire un feu pour moi seule. M'obliger à ne pas mourir de froid.

À lutter.

Écrire

Cependant à chaque fois que je commence un livre, je risque une autre mort. Plus exactement, je dois faire le deuil de certaines espérances. Je dois accepter de perdre ma joie de vivre.

Moi qui aime les portes et fenêtres ouvertes à deux battants, les passages larges où souffle le vent de l'océan, je suis contrainte à me glisser par une ouverture étroite pour séjourner dans un lieu qui ressemble à un tombeau.

À la recherche des mots perdus

Où que je sois enfermée, comme Alma, j'ai le pouvoir de m'évader. Même des tombeaux. J'abandonne la dépouille de Madame Neige et traverse les murs des maisons, des appartements, des hôpitaux, des prisons. Je traverse les os de mon propre crâne dans l'espoir d'y trouver, archivés, les mots confisqués.

Bien qu'elle soit entrée dans un profond sommeil, Madame Neige voudrait parfois voyager. Comme elle ne le peut pas, elle se met à écrire. C'est presque pareil. Elle note dans un carnet :

Dieu dans son infinie bonté m'a quittée. Il s'est éloigné pour une éternité. Il me reste les étoiles. Le vent. La nuit. Les arbres. Les oiseaux. Le bruit des trains qui passent au loin.

Même le chien des voisins qui n'arrête pas d'aboyer, un de ces malheureux cabots toujours attachés, hurlant jour et nuit, ne la réveille pas.

Comme Alma, je pense que Dieu dans son immense bonté m'a également laissée choir. Quelles que soient les circonstances, heureuses ou malheureuses, je suis un écrivain, nègre de moi-même. Comme Alma, je vais m'efforcer d'entrer dans cet étrange sommeil où viennent les mots, où s'engourdit la douleur de vivre. Moi aussi, je voudrais un autre prénom. Le mien est trop rude et trop banal. Je veux l'oublier. Et puis, je ne l'ai jamais entendu prononcer avec beaucoup d'amour. Je vais donc m'appeler *Alma. Alma Neige.* C'est très bien pour un conte. Et puis, Alma c'est peut-être moi.

Je rêve qu'un homme prononce ce prénom avec une certaine intonation. Celle de l'amour, perdu depuis si longtemps. Alors, probablement, je me réveillerai de ces vingt-cinq ans de somnolence. Je laisserai derrière moi la dépouille de Madame Neige. Et forte de ce nouveau baptême, j'irai à la reconquête de mon âme.

LE BEL AUJOURD'HUI

« Le vierge, le vivace et le bel aujourd'hui
Va-t-il nous déchirer avec un coup d'aile ivre ? »

STÉPHANE MALLARMÉ

Il n'y a pas que les contes d'Andersen

Il y a aussi ces séquences de contes où je circule comme si j'y étais. Ils me font peur. Pour certains, je l'ai dit, je les ai traversés jusqu'au bout. Mais je sens surgir un autre conte qui me terrorisait quand j'étais enfant, que je redoutais et que j'espérais ne jamais devoir vivre. C'est *Barbe-bleue.* J'essaie d'éloigner ses maléfices, mais je suis dedans. J'ai été trompée par les sourires de l'homme que j'aimais. Sa façon de m'attirer. De vouloir me garder. Sa manière de solliciter en moi la maternité. Il voulait des enfants. Il en voulait absolument. On pourrait dire désespérément. Et ce désir d'enfant, autant que l'amour, la tendresse, les jours de peine, de joie, de labeur, de renoncements, les heures de volupté et d'allégresse, tissaient entre nous un lien irrésistible. Terriblement fort. Ce lien, c'était de l'amour. Un projet commun fondé sur la confiance et la fidélité qu'il m'avait demandé de lui accorder comme un gage d'amour. Un serment réciproque.

Il y avait aussi la musique, les livres, la peinture, la terre d'un potager, les vieux outils, les vieux objets, le vin, les pains denses et lourds, les arbres, les plantes, les draps rugueux dans une certaine chambre d'amour, les premiers pas des enfants, leurs rires. Il y avait ma confiance sans limites quand il s'éloignait si souvent. Ces voyages au bout du monde d'où il revenait avec d'incompréhensibles silences.

Aujourd'hui, il faut que je m'arrange avec tous ces éléments. Avec cet amour qui ne fut que mensonge. Avec cette alliance qui ne fut qu'imposture. Dans ce foyer mort dont je remue les cendres froides, il faut que je m'arrange avec ce que je vais découvrir. Ce que je sais déjà. Ce que je ne sais pas et ne saurai jamais. Ce que je risque d'apprendre encore.

La maison des bois

Il y a cette *maison des bois,* qui je le sens va surgir au fil des pages. Cette maison des bois, lieu d'amour, lieu d'un serment. Lieu secret *qui n'appartient qu'à nous deux*, disait-il. Maison des bois, où les mots d'amour circulaient, où furent conçus nos enfants. Ils y firent leurs premiers pas, hardis et chancelants. Les rires éclataient ainsi que les pleurs, aussi brusques que des orages. Une mousseline enveloppait le berceau, protégeant des mouches et des guêpes, le nouveau-né adorable. Tout se taisait. Le bonheur est souvent silencieux. Juste le chuintement d'une bouilloire qui chantait à peine. Le fumet d'un plat dans la cuisinière à bois.

Dehors, le sifflement d'une faux maniée par l'homme que j'aime. Le chant des oiseaux. Le ciel immobile. Si vaste. Si calme. À l'intérieur, le crépitement du feu. Les babillements d'un enfant. Le bruit des baisers.

Sur la table, des fruits, des œufs, une jatte de lait. Une assiette ébréchée, une cuillère mal léchée. Des livres partout. Et, semblant sourdre des murs, l'écho presque étouffé d'une *Partita* de Bach.

Cette impression de vivre dans une toile de Monet

À la maison des bois, tout m'inspire. J'aime y accomplir des gestes d'autrefois.

Au marché, j'ai trouvé une baratte. Je m'évertue à transformer le lait en crème et la crème en beurre. Je n'y arriverai pas vraiment. Je ris de mon échec et de voir tout autour de la table ces museaux d'enfants, attentifs, émerveillés par cette expérience. J'ai l'impression d'être dans une toile peinte par Monet ou Berthe Morisot. Rien de la violence du monde n'arrive jusqu'ici. Aucun flot de haine. Aucune trace de la mort. Le temps s'est arrêté. Pour quelques heures, quelques jours peut-être, l'amour, les gestes simples retrouvés, feront barrage au désastre. Rien ne viendra pourrir ces minutes heureuses. Rien ne se flétrira. Ni les joues des enfants, ni les fruits ne perdront leurs couleurs.

De toutes mes forces, je veux croire que rien ne viendra altérer cette coulée d'amour et de tendresse. Ou bien l'existence serait-elle ainsi faite qu'on ne puisse vivre ces instants de félicité sans ressentir aussitôt la menace de les voir s'achever ?

La joie simple

Cette joie simple, ma joie simple, parfois me fait peur. Par la fenêtre ouverte, je regarde l'homme qui m'a demandé avec tant de force de partager sa vie, de lui donner des enfants. Je l'aime. Je le trouve beau. Son regard surtout. Si pénétrant. Un regard qui ne peut mentir, qui ne peut trahir. Une voix si douce qui réconforte. Des intonations qui ne trichent pas. J'ai toujours envie de courir vers lui, le prendre dans mes bras, lécher le sel dans son cou. Surtout quand nous sommes dans la maison des bois où tout, absolument tout respire notre bonheur et la lutte pour le garder.

Un instant, il s'arrête de faucher pour chercher dans sa poche la pierre à aiguiser. Il a senti que je cherchais ses yeux. Il me regarde aussi. Et me sourit. J'entends le frottement de la pierre sur la lame. Je contemple cette scène d'un autre âge sous le ciel qui vient de se plomber. Je regarde le berceau, les enfants, les pommes, la jatte de lait sur la table, les livres pêle-mêle sur les dalles. Je regarde l'écumoire suspendue, les moules à tarte, noircis d'avoir tant servi. Je regarde le coffre à bois, la cuisinière et sa bouilloire. Je regarde l'heure à l'horloge. Je respire l'odeur de cette maison, presque délabrée. Si peu habitée dans l'année. Une odeur de cave. Mais dès qu'elle revit, elle sent la tarte aux pommes, la cannelle, le feu de bois.

Dans un élan de joie, j'ai fait une peinture. C'est une mère qui allaite son enfant. C'est très naïf, presque maladroit, mais je suis certaine qu'accrochée au mur elle protégera les lieux en notre absence.

Personne ici, ne pourra voler une miette de ce bonheur. L'icône est là pour y veiller.

Lenteur des gestes dans le temps retrouvé

Dans une baignoire en zinc d'un autre temps, j'ai mis à barboter les enfants. Remplir un tel récipient avec l'eau chaude d'une bouilloire, la vider ensuite, c'est retrouver des gestes perdus qui m'enchantent. Des gestes d'une autre vie, d'un autre temps, que je n'ai pas connu. Alors pourquoi cet enchantement ? À cause de la lenteur, je crois. Ces gestes lents qui font barrage à la fébrilité, au bruit, à la mécanisation. Ces gestes lents qui libèrent la pensée vers l'amour, la gratitude qu'on porte à ceux qui vous entourent. Gestes lents qui dénouent le corps, l'obligeant à prendre des attitudes oubliées depuis si longtemps. Lever les bras pour suspendre du linge dans une prairie, et rire de la force du vent. Ramasser du petit bois mort pour allumer le feu. Quand on fait un fagot, on se sent plus vieille que les plus vieilles femmes du monde et l'on se souvient d'avoir appartenu à des civilisations disparues. On se souvient de mille morts, de mille solitudes. D'abandon au cœur d'une forêt ou sur une banquise comme pour ces vieilles esquimaudes qui partaient y mourir. On se souvient de hauts bûchers. D'un simple feu dans une chaumière. On rit d'avoir tant de mémoire. De se sentir comme une ancêtre, alors qu'on est jeune encore et alerte.

Éplucher lentement des légumes qu'on vient de sortir de terre, c'est la même chose. Pétrir de la pâte. Servir du vin. Ranimer le feu. Toujours ranimer le feu. Voilà ce que je partage avec l'homme que j'aime. C'est ce qu'il veut que nous accomplissions ensemble quelques jours dans l'année, dans cette maison qui est notre territoire secret. Il a beaucoup souffert avant de me rencontrer. De son propre aveu, il a aussi beaucoup fait souffrir.

Le bonheur serait-il une imposture ?

Je le regarde en train d'aiguiser sa faux sous un ciel de plus en plus bas, qui s'obscurcit. Longuement, je regarde le tableau que j'ai peint et que je lui ai dédié. Protégera-t-il la maison comme je l'espère ? Je ne sais pourquoi les larmes me montent aux yeux. Soudainement, tout ce bonheur me semble lourd et menacé.

Il voit l'ombre qui passe dans mes yeux. Il approche et m'entoure de ses bras. Il saisit son appareil photo et prend des clichés des enfants dans leur tub. Il veut me photographier sous la toile que j'ai peinte. Il me demande de sourire. J'ai du mal. Je ne sais pourquoi.

Je regarde les enfants si heureux dans leur bain. Je regarde ces objets d'un autre temps qui m'enchantent, mais parfois me mettent mal à l'aise. J'écoute la *Partita* de Bach. Le temps bourdonne à mes oreilles. Je me sens prise dans un sortilège. Une sorte d'imposture du bonheur.

Sur quoi est fondé un tel amour ? Sur la confiance. Avant tout sur la confiance. Or j'ai pu constater que l'homme qui dit m'aimer et me demande de lui accorder ma confiance et de lui rester fidèle s'absente parfois sans raison. Il lui arrive aussi de mentir et de rester dans d'interminables silences.

À l'instant où il me photographie sous le tableau, brusquement, la maison sent les décombres.

Mais pourquoi, pourquoi le bonheur m'apparaît-il aussi lourd ? Pourquoi cette menace derrière ma nuque, comme un couperet qu'une invisible main tiendrait levé ?

Sous les jupes, la laitière

Avant la naissance des enfants, avant leur conception, plus d'une fois la vieille cuisine fut un champ de bataille heureux pour l'amour fou. Tout se passait comme si les personnages d'un tableau, figés dans l'éternité d'un musée, retrouvaient enfin le pouvoir de s'animer. La laitière de Vermeer laisse tomber sa cruche, ouvre son corsage. Elle est nue sous sa jupe, ce ne sera rien de la retrousser. Elle en a relevé les pans qu'elle a passés sous les liens de son tablier. La cuisinière ronfle. Comme dans la chanson, la farine de froment vole dans la lumière où bourdonnent les guêpes attirées par les abricots trop mûrs. Sur la table, elle a renversé la farine pour faire une pâte brisée. Elle s'apprête à casser un œuf dans le puits qu'elle a formé. Son amant vient derrière elle, presse sa verge dure comme le buis entre ses fesses nues. Il lui mord la nuque, lui murmure les mots crus de l'amour, la lèche partout. Il lui dit ce qu'il veut lui faire.

La baiser tandis qu'elle pétrit la pâte. Il lui demande de ne pas interrompre son ouvrage. Du bout des doigts, elle malaxe le beurre amolli dans le puits de farine. Elle y casse l'œuf, verse un peu de lait. Elle fait semblant de continuer à pétrir. Mais sous les coups répétés de la verge qui glisse entre ses reins, elle a fléchi les jambes et s'est arc-boutée contre la table. C'est ainsi qu'elle veut être prise. Elle se concentre sur ce qu'il lui fait, elle sait qu'elle traverse une des plus belles saisons de sa vie. Sous les assauts de son amant, la table tremble. Le lait tressaute et coule en ruisselets. Les abricots et les œufs roulent et s'écrasent sur les dalles. Elle se laisse tomber à genoux. Elle va lécher la chair des abricots éclatés. Avec ce qui reste d'œufs cassés, de beurre sur le sol, il la pétrit, la lubrifie et s'enfonce dans ses reins. C'est ce qu'elle voulait. Exactement. Le visage poissé par le jus des abricots, les joues et les genoux écorchés par les dalles rugueuses, elle se sent devenir si vaste, qu'elle ne sait plus par quel orifice, il la prend. À l'instant où elle demande grâce, elle supplie aussi qu'il continue. Qu'il n'arrête pas. Par-dessous ses cuisses, elle a passé sa main enduite des mêmes substances et malaxe ses bourses devenues dures comme le cuir. Il lui dit ce qu'il est en train de lui faire. Ce qu'elle lui fait à son tour. Il lui demande de répéter ces mots-là. Il lui demande de répéter ces mots de l'amour à genoux sur les dalles, sous le plafond bas, la suspension qui tangue, les œufs qui roulent et se cassent. Elle dit et redit ces mots crus de l'amour qu'il lui demande de répéter. Elle enduit ses mains des blancs d'œufs répandus et continue à le pétrir. Elle ne pense qu'à la violence de leur plaisir. À jouir et le faire jouir. En murmurant des mots fous, il s'affale sur elle, comme un animal mort tomberait sur une autre bête, elle aussi, laissée pour morte. Elle dit : tue-moi. Tue-moi encore. Que je meure. Je n'en peux plus. Je n'en veux plus. Pourtant, je te veux encore. Je ne peux plus m'arrêter. Elle se retourne, fourbue, endolorie, les cheveux traînant dans la farine, les joues poissées par la chair des abricots, marquées, scarifiées par le frottement des dalles. Il lui enduit les seins, les fesses, le ventre de tout ce qu'il trouve, foutre, blancs d'œufs mêlés. Elle a mal partout d'un bonheur sans nom. Déchirée, fendue de bas en haut. Rendue à elle-même, il lui semble que même une pierre en jouirait. Même une pierre chanterait comme elle chante quand l'eau l'encercle en lui passant dessus. Un rai de lumière tombe sur son visage. Elle ne s'en défend pas. Il la regarde. Elle lui sourit. Il lui dit combien leur rencontre est inespérée, qu'il l'aime comme un fou, qu'il veut la garder toute sa vie. Il a peur qu'elle s'échappe. Il veut la garder, l'aimer, la protéger. Sa plus grande joie serait qu'elle lui donne un enfant. « Tu veux bien, dis ? Tu veux bien ? » Elle sent monter dans ses entrailles toute la force du monde. La force d'éléments déchaînés. De cratères en fusion. Oui, cet enfant, elle le veut aussi.

Et d'autres encore, si c'est possible. Elle y consent. À cet instant, couché sous lui, elle se sent éperdue d'amour. Il lui baise le visage, lèche ses lèvres, ses paupières. Il lui redit son amour, sa reconnaissance. Elle lui murmure que l'enfant, ils pourraient le concevoir, ici et maintenant. Elle rit de ce bonheur, de ce partage. Elle pense que rien, jamais, n'abîmera le jaillissement de ce rire. Rien ne viendra ternir sa joie. Celle d'aimer cet homme. D'en être aimée. La joie simple de concevoir un enfant dans cet amour.

Avoir perdu jusqu'au souvenir de l'amour

Ainsi, il serait temps de recommencer à consigner, jours de peine, minutes heureuses. Mais ce temps commence à sonner d'inquiétante façon à une étrange horloge. Je me sens égarée. Je ne suis plus dans le présent. Je n'arrive plus à y être. Rien ne me retient. C'est comme si je n'existais plus. J'ai du mal à me souvenir de mes élans. De l'amour qui me portait. De mon inépuisable résistance à faire barrage à qui voulait abuser plus faibles que moi. Je me souviens de cette énergie qui coulait dans mes veines. Mon sang s'y précipitait comme un gave en crue. Rien ne m'arrêtait. Rien ne m'abattait. J'étais presque inquiète de sentir cette force en moi. Aujourd'hui, je sais qu'elle m'a quittée, puisque je reconnais à peine ceux que j'ai aimés, auxquels j'ai consacré beaucoup de mon temps. Pour lesquels j'ai abandonné ma liberté. Les traits de leurs visages, leur expression, leur manière de se mouvoir, plus rien d'eux ne m'est coutumier. Non plus que les lieux où je me plaisais. Tout se dilue.

Avant, des heures durant, traquer une lumière, attendre la roulade d'un merle, respirer le soir qui descend me réconfortait. Désormais, dans ces lieux si familiers, je me sens perdue comme dans l'aérogare d'un pays étranger. Pour ne plus ressentir ce chagrin me mordre le cœur, cette tristesse qui ressemble à la mort et m'anesthésie lentement, pour ne pas me sentir mourir de cette mort lente, j'invoque des mots de poète. Comme d'autres font des prières, je dis à voix basse des mots, des phrases dont je sais l'enchantement, le pouvoir de consolation ; la fraternité. Mon besoin d'être consolée est immense. J'en ai presque honte quand je pense à la désolation de tant d'enfants, qu'aucune main, aucune parole, aucun regard, jamais ne consolera des pires sévices, des pires chagrins, de la pire solitude. Les enfants, j'ai aimé les veiller. Les accompagner. J'ai aimé les tenir dans mes bras, jusqu'à sentir un poignard dans mon dos et ma nuque et mes muscles trembler de fatigue. J'ai été près d'eux, jusque tard dans la nuit. Tôt le matin. Je les ai aimés jusqu'à cet épuisement heureux que procure l'amour. Je suis faite de cet attachement-là. Je le revendique.

Aujourd'hui, je ne m'arrête plus pour caresser l'écorce d'un arbre. Je n'en ai plus la force. Ni l'envie. Je fuis les arbres. J'ai peur de m'y attacher.

Il me semble que je suis dans l'incapacité d'aimer, de m'émouvoir. De rire. Ne plus arriver à rire me manque affreusement.

En plus des mots des poètes que je me dis et me redis, il me reste des images, parfois lumineuses, où je me revois sourire. Où je m'entends rire. C'est comme si je pouvais circuler dans les pages d'un conte heureux qui aurait pris fin brusquement.

Alma, gardienne de ma nuit
D'elle ou moi, je ne sais pas qui écrit

Je profite de la longue sieste d'Alma pour aller voir dans ses carnets et lire ce qu'elle écrit, que je n'écris pas. Que je n'ose écrire. Je sais que sous ce front lisse, celui d'une presque morte, ce front que le repos rajeunit, je sais que les mots et les images de toute une vie tourbillonnent, se déposent et s'amoncellent. Comme les feuilles à l'automne. Elle a les mots pour dire ce qui m'a tuée. Moi, non. C'est un pacte entre nous deux. Elle dort et je veille. Elle est la part mourante de mon être. Celle qui est en train d'agoniser. Comme on donne son sang, je lui donne les mots. Il me faut en passer par là.

Quand ce livre sera achevé, elle ressuscitera et moi je découvrirai, ma nouvelle âme, mon nouveau visage. Vingt-cinq ans après, elle se lèvera, s'étirera face à la fenêtre ouverte. Les mêmes cerisiers seront en fleurs. Elle paraîtra vingt-cinq ans de moins, s'étonnera d'avoir fait une si longue sieste. Peut-être même qu'elle murmurera :

Comment ai-je pu oublier *le bel aujourd'hui* ?

À moi, il aura fallu tout ce temps pour comprendre que je me suis fourvoyée dans un amour qui n'était qu'une imposture. Il m'aura fallu tout ce temps pour ne pas même arriver à en faire le deuil, tant l'imposture peut prendre les traits d'un visage pacifié, une apparence, des expressions empreintes d'une grâce toute pastorale.

Il m'aura fallu tout ce temps pour travailler à ma résurrection. Pour faire mourir en moi cette autre dont la foi amoureuse me fait honte aujourd'hui. Je continue de traverser ces ténèbres où je perds mes forces, où le chagrin me tue au point que je souhaite disparaître. Que s'effacent les traits de mon visage. Que se désagrège ce corps qui m'encombre. Que brûle mon âme dans je ne sais quelles aires maudites. Qu'enfin, je devienne une autre.

Est-ce cela qu'on appelle la mort psychique ? Faut-il en passer par les ténèbres et le feu ?

Alma, reste encore, je t'en prie !

Alma, au plus sombre de la nuit, prête-moi ton âme et je te prêterai ma plume.

Mon besoin de consolation est infini.

Quelque chose en moi s'est absenté pour toujours. Je ne sais pas où c'est parti.

Tandis qu'Alma repose sur son lit ou fait semblant, j'ai décidé de me lever tôt. À vrai dire, j'ai perdu le sommeil. Quand je me lève, il fait encore nuit. Je suis confortée à l'idée que je ne perdrai pas les mots. Ils viennent d'étrange façon. Je n'ai pas à les chercher. Il me semble qu'on me les souffle. Je pense que c'est Alma. Parfois, je crois qu'elle écrit à ma place.

Alors qu'il fait encore nuit, j'écris durant quatre heures. Je dors une heure. Et ainsi de suite. Je me trouve dans la situation de ces marins qui prennent le quart sur le pont d'un bateau ou de ces sentinelles qui montent la garde et qu'on relève toutes les quatre heures. Je deviens la sentinelle de ma propre nuit. Je dois explorer les ténèbres qui m'entourent pour essayer de comprendre ce qui m'a tant affaiblie.

Dans cet isolement et ce silence, on ne peut imaginer l'importance d'un aboiement de chien, le cri d'une chouette, le bruit d'un train. Compagnie des riens ! Fraternité des ombres. Avant le grand départ, il faut bien que je m'habitue à cette fréquentation de l'invisible.

Parfois, je sors des ténèbres, juste pour ne pas perdre ce qui me reste d'enfance. Je veux vivre encore. Je veux m'immerger dans *le bel aujourd'hui*. Pour ne pas mourir tout de suite, je m'exerce à puiser dans mes souvenirs les plus lumineux. À puiser dans le temps. Reviennent alors les échos de brefs enchantements. Si brefs.

Une réponse à ma souffrance

Parfois, Alma me précède. Mais il arrive que je sois plus téméraire et que je l'entraîne là, où elle n'ose aller. Dans la *maison des bois*, par exemple. Je sais que cette maison resurgira au fil des pages et qu'osant la revisiter seule, je trouverai une réponse à ma souffrance. Je crains cette visite comme le retour sur les lieux d'un crime. Car il s'agit d'un crime. Il s'agit d'un amour bafoué, assassiné.

Alma et moi voguons sur une eau très sombre. Pas même la lueur des étoiles. Écrire, c'est descendre dans l'abîme. C'est espérer y trouver une ébauche de réponse. Un signe. Une pierre qu'on tiendra dans sa main pour continuer le voyage. Écrire, c'est espérer un peu de clarté et pourquoi pas la folle espérance d'une chandelle qu'on trouverait allumée.

On sait bien qu'il n'est plus temps pour les regrets et le chagrin et qu'il faudra descendre en soi, toujours plus profond, pour y chercher un peu de lumière. Le temps est venu d'y trouver au moins le souvenir de cette joie qu'on croyait perdue. Et le souvenir de cette joie est une lumière. C'est la veilleuse qui éclaire les vanités.

Même faible, elle nous permet de tenir.

Une femme amoureuse
Ce que dit le tain sombre du miroir

Parfois, dans la *maison des bois*, cette maison d'un autre temps, elle l'entraînait dans la chambre, vieille chambre odorante, remplie de fleurs séchées, d'épis de lavande, de cailloux trouvés sur les chemins. Pour y accéder, il fallait sortir de la cuisine et monter par un escalier extérieur couvert de mousse. Là les attendait un lit toujours défait, un grand miroir piqueté, une chaise bancale, un broc d'eau pour leurs ablutions. Un lit toujours défait, embrasé par la jouissance reçue et donnée, l'épuisement heureux des gestes après l'amour. Le prendre encore dans sa bouche. Comme il le veut. Comme il le lui demande. Boire jusqu'à la dernière goutte de sa semence. Par la fenêtre monte l'odeur des fleurs de sureau. Soudain, elle aperçoit leur reflet dans le tain sombre du miroir. Elle se voit en train de sucer son amant. Elle ne se reconnaît pas.

Il lui semble que c'est une autre qui accomplit ce geste. Elle voit une femme agenouillée. Un homme dont le sexe va et vient dans la bouche de cette femme. Pour s'assurer que c'est bien d'elle qu'il s'agit, elle caresse les hanches de son amant. Ses mains montent et descendent le long de ses fesses et de son dos. Dans le miroir, la femme fait de même. Elle est rassurée à la pensée qu'il s'agit bien d'elle. Pourtant, dans la pénombre de la chambre, derrière les persiennes, dans l'eau du miroir ardent, elle en est sûre, une seconde, elle a saisi un autre reflet que le sien. L'eau du miroir aurait-elle retenu le fantôme de celles qui s'y sont regardées avant elle ? Garderait-elle le secret des scènes d'alcôve où elle n'était pas ? L'image rémanente de cette femme qui apparaît et disparaît et qui n'est pas elle, qui est-ce ? Soudain, elle ressent un brusque chagrin à l'idée de trop aimer. Si elle continue de répondre avec autant de ferveur à l'amour de cet homme, ne risque-t-elle pas, elle aussi, d'être engloutie par l'eau mercurielle ? D'en être à son tour captive ? D'abord prisonnière de cet amour, ensuite du tain du miroir où se reflétera son image à jamais indélébile. Et comme l'autre femme, ne deviendra-t-elle pas ombre parmi les ombres ?

Peut-être que, dans un futur qu'elle n'ose imaginer, une autre prodiguant la même caresse à celui qui fut son amant tant aimé, rencontrera dans le miroir son reflet à elle, son reflet d'aujourd'hui. À cette idée, elle souhaite que le miroir se brise et que s'efface la persistance de ces images visuelles. Brusquement, elle éprouve une grande douleur dans un œil, comme si un éclat du miroir s'y était fiché. Simultanément, elle ressent un élancement au cœur. Celle d'une dague qui la traverse. Exactement comme dans ce conte d'Andersen, *La Reine des Neiges*. Elle sait que ce conte, lui aussi, il lui faudra l'aborder. Alors un malaise tenace la submerge. Et si ce qu'elle est en train de vivre dans cette chambre d'amour avec une telle ferveur, un tel abandon, n'était pas le bonheur qu'elle croit, mais le mensonge, l'imposture d'un mauvais enchantement ?

Errer

Aujourd'hui, j'ai égaré les cailloux blancs du conte de Perrault, ceux du *Petit Poucet.* Depuis longtemps aussi, les oiseaux ont picoré toutes les miettes de pain que j'avais semées pour retrouver mon chemin. Et ne sachant lire dans la position des étoiles, ayant perdu le nord depuis toujours, au sens propre comme au figuré, j'ai du mal à me diriger. Je n'ai plus de repères. Je n'arrive pas à sortir de cette forêt qui devient de plus en plus sombre. Il me reste quelques souvenirs et ce poids sur le cœur.

Écrire

Durant des mois, je suis restée dans l'incapacité d'écrire, de répondre à mon courrier, de rencontrer d'autres êtres. Si je commence enfin ce livre, c'est parce que j'espère que les mots apaiseront un peu ce chagrin dont je n'arrive pas à guérir. Voilà qu'à côté de *chagrin,* je n'ose écrire *amour.* J'ai presque honte d'écrire *chagrin d'amour.* Il me semble que je n'en ai plus l'âge. Mais y a-t-il un âge pour l'amour, ses joies, ses peines, ses débâcles ?

Tenir

Oui, mon besoin de consolation est infini.

Mais j'ai l'espoir insensé qu'au fil des jours, les mots que j'écrirai m'aideront à vivre, qu'ils deviendront un refuge, une grotte secrète. Depuis longtemps, j'ai perdu ce qu'on appelle la foi. J'erre dans le doute absolu, mais je veux croire que les mots d'un livre peuvent agir comme ceux d'une prière qu'on formule au cœur de la défaite, de l'exode. De la panique. Probablement, cela n'a de sens que pour soi. Mais un livre, les mots d'un livre, c'est aussi comme une bouteille à la mer. On ne sait pas pour qui on les écrits. Ni qui les lira.

Encore tenir

En antidote à ce chagrin qui ne cède pas, à cette tristesse hideuse qui s'est emparée de mon être, je cherche à faire des choses d'une simplicité désarmante. Pour oublier l'écho des trains, lesquels aujourd'hui m'apparaissent comme des convois funèbres, j'aligne des mots que j'aime ou qui me font sourire : *vespérale – aurore – boréale – aube – hirondelle – coccinelle – réverbère – lupin – aster – coquelicot – iris – capucines – cascade – fougueux – arbre – amant – ambre – sperme – océan – étoile – berceau – nouveau-né – allaiter – embrasser – mimosas – tamaris – amour – baiser – longtemps – feu – etc.*

La liste peut varier selon les heures et les jours. Elle n'en finira jamais.

Je crois que les mots m'aident à revivre.

Tenir
Et encore tenir

Mais comment tenir, quand le chant des oiseaux, même le chant des oiseaux, on me l'a pris. Même le goût du pain. Je n'ai plus rien et c'est avec ce poids du rien que j'avance. Que je marche. Pas même le souvenir d'un enfant. On dirait que toute ma vie s'est effacée. Comme sur ces ardoises magiques qui me fascinent depuis l'enfance.

L'aboiement d'un chien dans l'aube, le chant d'un coq, le bruit d'une voiture me rappellent que je suis en vie.

Désormais, l'écho des trains que j'aimais tant, qui me berçait, m'aidait à me rendormir dans une aube que je voulais toujours tendre, amoureuse, aujourd'hui cet écho m'accable, car il est devenu pour moi celui d'un convoi à la sinistre destination.

DES MOTS POUR NE PAS MOURIR

« La pensée vole et les mots vont à pied.
Voilà tout le drame de l'écrivain. »

JULIEN GREEN *Journal*, 4 mai 1943

« Et Mallarmé avec sa douce profondeur :
"Mais, Degas, ce n'est point avec des idées que
l'on fait des vers... *C'est avec des mots.*" »

PAUL VALÉRY
Degas, danse, dessin

Une aide providentielle : Bachelard toujours

Pour tenter de retrouver cette force qu'on m'a volée, sortir de ce chagrin, misérable chagrin d'amour, je cherche la protection des mots et des phrases, qui ne trahissent pas. Non pas les mots de la mort, non pas les mots de la morale. Les mots de la peau. Les mots de l'amour, les mots de la joie. De la jouissance. Des mots qui parlent d'amour et de consolation. Ceux des poètes. J'ai besoin de me rappeler que j'ai aimé. Parfois, j'entends des phrases chuchotées par une invisible présence. Phrases qui m'accompagnent quand je marche, quand je dors, quand je veille. L'une d'entre elles m'enchante mais me donne aussi l'envie de pleurer. Elle est de Gaston Bachelard :

… La roulade du merle est un cristal qui tombe, une cascade qui meurt. Le merle ne chante pas pour le ciel. Il chante pour une eau prochaine…

Mais moi, j'entends, j'entendrai toujours :

Il chante pour sa mort prochaine.

Et je retiens mes larmes en pensant à toutes les morts qu'il faut subir dans une vie, qu'il me faudra subir encore, pour me retrouver autre. Non pas insensible, mais une autre qui accepterait d'aimer *autrement.* Et je tombe, je vole, je nage vers cette autre phrase du même poète :

La peine de l'eau est infinie...

Je plonge dans l'eau de cette phrase comme dans l'eau d'une résurgence. Je nage dans l'eau de cette phrase claire et énigmatique. Je nage jusqu'à cette peine infinie. Pour tenter d'apaiser ma propre peine. Comprendre aussi que rien ne l'allégera. Mais rien non plus ne me console davantage que de me dire et me redire ces mots, *leçons de clarté*, qui éclairent un peu ma nuit. Les mots, parfois, sont des leçons de clarté qui permettent de se souvenir que l'amour a existé. Même dans l'épreuve, surtout dans l'épreuve. Même dans l'absence, le souvenir des mots d'amour partagés aide à vivre. Alors, du même poète, je murmure cette phrase encore qui correspond si bien à cet état de tristesse où je me trouve :

Les syllabes liquides amollissent et emportent des images arrêtées un instant sur un souvenir ancien. Elles rendent à la tristesse un peu de fluidité.

Oui, un peu de fluidité. Me laisser emporter par le courant des mots. Que ces eaux bienfaisantes me lavent de ce que je ne veux plus être. Une amante qui traîne sa peine comme une aile malade.

Il me faut des mots pour guérir. Encore des mots.

Les mots des poètes sont comme les prières. Ils ne disparaissent jamais. Ils ressurgissent un jour ou l'autre.

J'écoute l'écho que réveille en moi ces autres phrases du même poète :

... La profonde maternité des eaux...

Que jamais je n'oublie ce qui m'a liée aux enfants. Ce puissant amour maternel. Cette joie grave que rien n'a pu désarmer. Je maintiendrai jusqu'à ma mort ce que j'ai déjà écrit :

L'amour maternel est le moins mièvre des sentiments.

Pourquoi serais-je exsangue aujourd'hui ? Quelle force maligne voudrait me laisser croire que rien de tout cela n'a existé ? En écrivant *force maligne*, j'apprends que seule la cellule cancéreuse serait éternelle. Ce qui me conduit à penser que seule la malignité sous quelque forme que ce soit aurait accès à l'éternité. Je suis résolue à chasser de mon vocabulaire le mot *éternité.*

Apoptose. Du grec : « *la chute des feuilles* ».

Nos cellules sont programmées pour mourir. Seule la cellule cancéreuse serait éternelle…

Donc, je ne veux plus d'éternité. Puisque l'éternité, c'est aussi la malignité. Je veux aimer à court terme. Il faudra que je veille à ne plus écrire ce mot que j'emploie si souvent. Il faudra que je tienne à distance ce mot d'*éternité.*

L'espérance n'est pas forcément divine

L'incroyable chemin pour retrouver son propre cœur, avant d'atteindre celui des autres. Un cœur que s'est approprié le chagrin. Un autre mot me vient, qui ne m'a jamais quittée et semble en contradiction avec ce que je viens d'écrire, c'est le mot *espérance.* Ce mot, je le veux dépouillé de ses oripeaux religieux. Je veux une espérance crue et non chaste. Terrestre et non divine. Ce mot, je le porte sans jamais l'égarer, les pieds fichés dans la boue. Que tout advienne ici et maintenant et non dans une éternité de mensonges.

Et si l'éternité, c'était un cœur qui bat ? Parfois, qui se remet à battre. Juste le temps qu'il reste à vivre. Le temps du compte à rebours.

Une phrase de l'Évangile m'avait comblée de bonheur dans l'enfance :

« Dis une seule parole et mon âme sera guérie. »

Il me semble que j'ai été sevrée de mots essentiels. De paroles d'amour. Je regrette qu'on m'ait dit si peu de choses qui fortifient.

Je sais, j'ai toujours su que les mots sont aussi nécessaires à la survie d'un nouveau-né que le lait maternel. Les mots tuent ou ressuscitent. Parfois, il faut du courage pour les dire. Davantage encore pour les écrire.

La chute des feuilles
Rémanence de la joie

Je cherche autour de moi, je cherche dans mes pensées ce qui pourrait m'aider encore. Il me semble que je peux considérer comme des événements trois faits, apparemment pauvres, survenus dernièrement. À d'autres, ils apparaîtraient sans doute insignifiants, voire totalement négligeables. Mais dans l'état de dépossession, de désarroi, où je me trouve, ces menus événements ressemblent à la *Providence.* D'emblée, ce mot non plus, je n'ai pas osé l'écrire, comme si je n'avais plus droit à la grâce, même de ce mot.

Pourtant, au moment d'écrire – événement –, c'est le mot *Providence* qui m'est venu à l'esprit, plus juste, plus proche de moi, de ce que j'espère encore. Il y a dans ce mot une grâce, un accompagnement, un secours dont j'ai besoin à l'heure de poursuivre ce livre. Il peut arriver qu'une parole, un geste aient le pouvoir de dissiper un chagrin. Chagrin d'amour, qu'on n'ose plus avouer à un certain âge. Et pourtant, je ne sais comment en guérir, si ce n'est en écrivant. Écrire pour dire la joie perdue. La joie que j'espère retrouver. Sans artifices. Ni Dieu, ni maître. Ni même certains jours de détresse, l'espérance d'un autre amour. Rien. Juste la joie folle, originelle, implacable. Si grave. La joie de mon enfance qui aura duré jusque dans ma vie de jeune femme, quelle qu'ait été la couleur du ciel, la dureté des événements. Aujourd'hui encore, je ressens les rémanences de cette joie. Comme le fer se souvient d'avoir été aimanté. Rémanences de cette joie... Elle ne serait donc pas tout à fait perdue...

Pour m'aider à forcer le passage des ténèbres : trois événements apparemment insignifiants

Le premier : une étoile très brillante scintille à ma fenêtre

Ce que j'appelle la *Providence,* et qui m'a aidée à commencer ce livre, ce fut d'abord l'étoile, aperçue la nuit dernière par ma fenêtre. Une étoile qui s'est montrée soudainement. Énorme. Scintillant de manière surnaturelle. Obstinément. Comme dans un conte d'hiver. Une nuit de Noël. J'ai tout de suite pensé qu'elle était là pour moi. Pas un instant, je n'en ai douté. Il m'a semblé qu'on venait me secourir. Je suis brusquement retournée dans mon enfance. L'étoile venait me parler. Me prévenir de je ne sais quel danger. L'étoile était là pour me protéger. M'accompagner. J'ai cru que moi aussi je pouvais lui parler. Elle semblait me dire : tu dois entrer dans ton livre comme dans une forêt noire qu'il te faut traverser. Il faut que tu commences. Recommences. Il faut que tu attaques. Il faut que tu te serves de ton épée. Et enfourches un bon cheval…

Aimantée par son scintillement surnaturel, je me suis levée pour aller vers la fenêtre. Elle avait disparue. J'ai ouvert la fenêtre. Penchée dans le vide, j'ai tourné la tête en tous sens pour scruter le firmament à la recherche de mon étoile. Par cette nuit d'hiver, d'un froid pur et glacé, tout était gelé et le ciel constellé d'astres et d'étoiles brasillant à l'infini. Mais la mienne, mon étoile, qui brillait plus que toute autre, avait disparu… Je me demandais si elle n'était pas cachée par une branche d'arbre ou par cet énorme sapin, plus haut que la maison. Venait-elle d'être avalée par un trou noir ? La Terre avait-elle tourné trop vite ? Ce qui était sûr, c'est que je l'avais vue et bien vue dans l'encadrement de la fenêtre vers deux heures du matin. Elle venait de disparaître et j'étais seule à l'avoir vue. Je n'avais pas de témoin. Personne avec qui partager. Peu importe.

Tout comme on ne peut retenir l'eau d'une cascade dans le creux de sa main, mais juste le souvenir de sa fraîcheur et, si j'ose dire, l'écho de son rire – le rire des cascades –, je garde comme un secret le souvenir de mon étoile. Comme celui d'un amour qui se manifesterait, justement, dans le secret.

De cette étoile, je garde la présence magique, bienfaisante, que mon imagination, ma solitude ou un phénomène surnaturel m'a donné à contempler quelques minutes. Je me suis sentie confortée, comme par une lettre, un coup de fil, une visite qu'on n'attend plus. Le chagrin n'aurait donc pas tout dévasté. Grâce à cette étoile qui m'est apparue, qui me somme d'écrire, de continuer, d'avancer, c'est aussi ma mort que j'ai la force de tenir en échec. C'est ma mort qui recule.

Second événement

Le second événement, c'est la lettre d'une lectrice fidèle et fervente, reçue le lendemain matin. Elle me prie de continuer d'écrire, parce que, tout simplement, elle a besoin de me lire. Elle ajoute que ce que j'ai écrit jusqu'à présent pourrait se rassembler dans cette phrase du peintre Georges Braque :

L'Art est une blessure d'où jaillit la lumière.

Je me sens brusquement fortifiée, accompagnée par cette voix amie. Et le propos *Ombre et lumière,* que je sens archivé en moi depuis si longtemps, semble vouloir naître. Une page pour l'ombre. Une page pour la lumière. L'opposition et la complémentarité de ces deux mots : *blessure* et *lumière*, me conforte dans ce que je cherche.

Troisième événement

Me reviennent avec insistance les prénoms de deux personnages d'un conte d'Andersen, *La Reine des Neiges*. Il s'agit de Kay et Gerda. Deux enfants qui s'aiment.

Le conte débutait ainsi :

Ce jour-là, le diable était de très bonne humeur. Il venait de composer un miroir dont il avait l'idée depuis quelque temps.
Ce miroir possédait la propriété extraordinaire de faire ressortir la laideur et la méchanceté. Le beau et le bien, en s'y mirant, disparaissaient. Une jolie petite fille y paraissait contrefaite, une belle action n'y valait plus rien, un magnifique paysage s'y reflétait en « plat d'épinards » (...). Le diable était donc enchanté de son miroir.
Tous les diablotins qui venaient de son école furent chargés de promener le fameux miroir à travers l'univers, pour bien prouver aux humains qu'aucun d'eux ne valait quelque chose... Ravis de cette mission-là, ils la remplirent tellement bien qu'il n'y eut bientôt plus aucun homme qui ne se fût réfléchi en ce miroir.

Alors les mauvais diables voulurent essayer de s'approcher du ciel, pour se moquer des anges.

Mais plus ils montaient, plus le miroir ensorcelé tremblait entre leurs mains. Il trembla tellement qu'il finit par leur échapper et tomba sur la Terre où il se brisa en millions de petits éclats.

Et ce fut là une véritable catastrophe. Pour la plupart, les débris du miroir étaient gros comme un grain de sable, et le vent s'empara de tous ces éclats pour en parsemer le monde. Des milliers, des millions de personnes reçurent dans les yeux des grains de cette infernale poussière. Aussitôt, ces malheureux étaient condamnés à ne voir que le mal, la laideur des choses et des gens.

Quelques-uns de ces néfastes grains de verre descendirent jusqu'au cœur de certaines personnes, et le cœur atteint devenait tout entier aussi froid et insensible qu'un bloc de glace. (...)

Dans le conte, c'est Kay qui reçoit dans l'œil un de ces grains de verre si néfaste, qui lui fera voir le mal partout. Il ne pourra plus aimer Gerda.

À la lecture de ce conte, je sens que, moi aussi, je ne vais pas tarder à recevoir dans l'œil un éclat de ce miroir maudit ou un grain de lumière qui me mettra en face de la vérité. Toute la vérité.

NOIRCEUR DU CONTE

« ... Pour certaines âmes, il y a le bonheur de l'imposture. Il y a une effroyable, mais enivrante félicité dans l'idée qu'on ment et qu'on trompe ; dans la pensée qu'on *se sait seul soi-même*, et qu'on joue à la Société une comédie dont elle est la dupe, et dont on se rembourse les frais de mise en scène par toutes les voluptés du mépris... Les natures *au cœur sur la main* ne se font pas l'idée des puissances solitaires de l'hypocrisie, de ceux qui vivent et peuvent respirer, la tête lacée dans un masque. »

JULES BARBEY D'AURÉVILLY
Les Diaboliques. « Le Dessous des cartes »

« On ment pour protéger son plaisir ou son honneur, si la divulgation du plaisir est contraire à l'honneur. On ment toute sa vie, même surtout, peut-être seulement, à ceux qui nous aiment. Ceux-là seuls en effet nous font craindre pour notre plaisir et désirer leur estime. »

MARCEL PROUST
À la recherche du temps perdu

Recommandations d'un homme aimant

Ma chérie, toi qui as empêché que je sombre, toi qui m'as fait retrouver la joie de vivre en me donnant ton amour sans réserve et des enfants que je chéris, il ne faut pas, non, il ne faut pas que durant mon absence, tu retournes à la maison des bois. Elle est trop isolée. Ce serait dangereux pour toi. Promets-moi de ne pas y aller. Et puis cette maison qui est notre secret à tous deux ne vit que lorsque nous y sommes ensemble. C'est ta présence qui l'illumine. Nous y retournerons à mon retour pour y célébrer nos vingt ans de mariage. Je veux encore t'y aimer. Laisse-moi le temps de bien la préparer pour t'y accueillir.

Tant de recommandations, tant de sollicitude, au lieu de la conforter, l'alerte brusquement, lui rappelant un certain passage du conte de *Barbe-Bleue*. Serait-ce pour elle le dernier conte à traverser ?

Partout, elle cherche le trousseau de clés de la maison des bois. Elle finit par le découvrir dans un panier, caché sous de vieux journaux, tout au fond d'un cagibi.

Retour à la maison des bois

Le jour fatal où elle retourne à la maison des bois, elle est seule. Il y a bien longtemps qu'ils n'y sont pas revenus. Dans le jardin les ronces ont poussé. Le cœur battant, elle introduit l'énorme clé dans la serrure. Tout de suite, elle reconnaît l'odeur de la maison. Il y fait sombre. Ses yeux mettent un certain temps à deviner le contour des meubles. Prudemment, elle marche les bras tendus jusqu'à la fenêtre. Elle pousse les volets. Un peu de lumière rentre.

D'un doigt, elle caresse la cuisinière à bois qui lui rappelle tant de souvenirs. Le tiroir déborde de cendres. Il lui semblait pourtant l'avoir vidé. Sous le tableau qu'elle a peint se trouve la baignoire en zinc où barbotaient ses enfants. Elle se rappelle qu'elle l'avait rangée dans la remise. Sur la table, elle remarque quelques miettes de pain et pense qu'en leur absence, les loirs ont pris leurs aises. Dans le coffre à bois, au milieu de vieux journaux, elle découvre une boîte en carton ayant contenu une tarte, provenant d'un célèbre traiteur parisien. Elle voit aussi l'emballage d'une bouteille de champagne à l'appellation prestigieuse. Son cœur se met à cogner follement. Elle sent que ses jambes se dérobent. Elle ne sait pas à quoi se retenir. La maison entière lui paraît maudite. Comment a-t-elle pu s'y sentir heureuse ? Comment a-t-elle pu croire à ce bonheur ? Elle regarde une fois encore le tableau qu'elle a peint. Cette mère à l'enfant. Cette icône qui devait protéger leur maison. Elle se revoit faisant l'amour sur les dalles, les œufs qui roulent de la table et se cassent, elle revoit ses mains pétrissant la pâte. Elle se rappelle l'audace de ses caresses, l'exigence de son plaisir. Elle revoit leur premier enfant se réveillant, chaud comme un pain rond. Elle le sort de son lit, l'apporte à son père pour qu'il le prenne contre lui et l'embrasse aussi. Elle se souvient des gestes de tendresse et d'amour qui ne cessaient d'enchanter leur vie. La confiance élève l'amour au sublime. Elle touche son corps. Elle a l'impression de ne plus l'habiter. Elle se demande si elle va oser monter dans la chambre. Ce qu'elle va y trouver. Quand elle ouvre, c'est le lit qu'elle voit d'abord. Mais tout est sombre. Elle pousse les volets. Les draps, ceux dans lesquels ils ont dormi la dernière fois ensemble, sont défaits, maculés de sperme et de sang. Au pied du lit, une chemise de nuit de femme, à l'ancienne, en coton blanc, tachée d'auréoles de foutre. La nausée. Il arrive que la douleur vous enfonce un tel poignard dans le cœur qu'on ne la sent plus. On suffoque. On perd le souffle. On sait qu'une part de soi vient d'être assassinée. La vie s'arrête là.

Sa vie s'est arrêtée là. Dans le miroir où elle avait cru voir autrefois l'image d'une femme étrangère, elle se découvre soudain. Hagarde. Déshabitée. Folle. Elle sent que monte en elle une irrépressible colère, qui va peut-être soulager la douleur qu'elle ressent. Elle se saisit du broc et le jette contre le miroir qui explose. Elle descend à la cuisine, prend un couteau et comme une somnambule remonte dans la chambre pour lacérer les draps et le matelas.

Sur la table de nuit, près d'une bougie largement consumée ayant servi de veilleuse à leurs ébats, il y a un rouleau de photos. Elle le prend. Elle le fera développer.

Elle voudrait mettre le feu à la maison des bois, maison maudite. Amour maudit qu'il a fondé sur le mensonge. Elle pense aux enfants qu'elle lui a donnés. Elle pense à cette lettre pleine d'amour et de tendresse, qu'il vient de lui écrire. Manœuvres pour mieux l'endormir, mieux l'engluer dans ce qu'il lui présentait comme étant le bonheur. Et qu'elle croyait. Manœuvres pour la maintenir dans cette indigence et mieux la tromper. Elle décroche le tableau qui n'a pas su les protéger. Elle le détruira.

Elle le brûlera.

Ces grains de lumière

« Le terme *impression* désigne parfois l'action d'un agent extérieur quelconque qui atteint un organe sensoriel ou un tissu vivant et y provoque une *modification.* » (Le Robert)

De même que les échardes de verre du conte d'Andersen, *La Reine des Neiges*, ces grains de lumière que sont les photons peuvent-ils aussi se ficher dans un œil et y imprimer une image indélébile allant jusqu'à poignarder le cœur ?

Elle a fait développer le rouleau de photos. Elle y voit une femme blonde et nue prenant un bain dans le tub en zinc qui servait à ses enfants. Elle tient une flûte de champagne qu'elle lève comme pour trinquer avec celui qui la photographie. La baignoire est placée juste sous le tableau qu'elle a peint.

Sur une autre photo, on la voit nue, le tablier d'Alma ceint autour des reins. Elle est debout devant la table où Alma pétrissait la pâte. Et sur cette même table, il y a de la farine, des œufs, des pommes. La femme brandit un rouleau à pâtisserie, qu'elle lèche ostensiblement comme s'il s'agissait du sexe de celui qui la prend en photo.

« Ô ma chérie miraculeuse
Mes cinq sens te photographient en couleurs
Et tu es là tout entière. »

APOLLINAIRE, *Ombre de mon amour*

De Barbe-Bleue à la Reine des Neiges
De l'œil de Kay à celui d'Alma

Le voilà donc, le dernier conte à traverser.

Toutes les nuits, elle est réveillée par une voix intérieure, plutôt une pensée, le cheminement d'une pensée. Elle est égarée dans ce conte d'Andersen. Celui de *La Reine des Neiges*, qu'elle n'a jamais lu. Mais sa grand-mère suédoise le lui a probablement raconté. Elle en connaît juste ce passage où Kay et Gerda jouent ensemble. Et dans ce passage, c'est la poussière du miroir brisé qui l'obsède. Un petit éclat de ce miroir diabolique s'est fiché dans l'œil de Kay. À partir de cet instant, il voit toute la vie déformée.

Aujourd'hui, c'est elle qui a reçu un éclat du miroir dans l'œil. Et il ne s'agit pas d'une poussière de ce miroir mais de l'éclat de la lumière impressionnée sur la pellicule photo, qu'elle a trouvée dans la maison des bois.

Sa vie vient de s'arrêter là. Elle a enfin la réponse à son mal-être. Il ne venait pas d'elle, mais d'une union fondée sur le mensonge.

Jusqu'à sa mort, elle gardera, fiché au fond de son œil, ce grain de lumière qui a réfléchi la vérité. Toute la vérité.

À LA RECHERCHE
DU SOURIRE PERDU

« Vois la vie et la joie, et retourne auprès d'elles,
Puisqu'il faut bien qu'un peu de bonheur recommence. »

ANNA DE NOAILLES
L'Ombre des jours

Ce qui reste
Un ami. Une lanterne. Un chemin

Dans une lettre qu'il m'a écrite, il y a déjà un certain temps, un ami m'a offert une lanterne pour éclairer mon chemin : «... Tu traverseras des étendues de glace en serrant contre ton sein une lanterne de lumière jaune... Tu marcheras avec cette lanterne brûlante cachée sous ton manteau... » J'y suis, dans ce désert de glace. Cet ami s'est brusquement absenté de ma vie. Mais aujourd'hui ce présent de la lanterne qui ne fût qu'épistolaire, tout autant que notre amitié, m'aide infiniment.

Il y a beaucoup de lanternes dans mes livres. Comme si j'avais toujours craint de recommencer à écrire, de pénétrer une fois de plus dans la nuit d'un livre. Souvent, ces lanternes, je les trouve posées à même le sol. Sur le quai d'une gare déserte. Sur le perron de la maison de l'ogre. Au bord d'une tombe.

La plupart du temps, c'est moi qui marche une lanterne à la main pour éclairer mon chemin. Il s'agirait plutôt d'une lampe tempête. Je la tiens fermement. Je fuis quelque chose ou quelqu'un. Très loin dans la forêt, j'aperçois une lumière qui brille à la fenêtre d'une maison presque cachée où j'espère qu'on m'attend. Elle ressemble à la maison des bois. Cette pensée me fait battre le cœur. Mais probablement, je vais me tromper une fois de plus, atrocement.

Malgré son éloignement brutal, cet ami ne sait pas à quel point sa présence, ses lettres, sa voix au téléphone, ses paroles, m'ont accompagnée et consolée. Il me reste cette lanterne qu'il m'a offerte.

C'est le seul bien que je possède.

Aucun vent n'arrive à en souffler la flamme.

Voici venu le temps de traverser seule la forêt noire

Protégée par cette lanterne, je me suis assise, au bord d'un chemin, épuisée par toutes sortes de pensées qui ne sont que tourments. Surtout, il y a ce chagrin, ce sentiment de perte. Ma joie perdue, piétinée, massacrée. Cette joie qui m'envahissait pour rien. Trois fois rien. Cette joie sans nom qui m'arrachait à la médiocrité m'élevait au-dessus de tout. L'ayant perdue, je suis moi-même en train de me noyer comme ces nageurs, ces surfeurs au milieu d'un océan démonté, quand soudain leur force de vaincre, leur courage cède face à la vague monstrueuse qui engloutira leur volonté. J'en suis exactement là. Ne plus pouvoir lutter contre les pensées meurtrières qui déferlent.

Je ne quitte pas des yeux le rond de lumière qui m'accompagne et veille sur moi, au cœur de cette forêt si noire. J'arrive à ne plus avoir peur, mais j'ai mal jusque dans les os. Comme si j'avais été jetée d'une tour. Laissée pour morte. Non. Juste assommée pour vingt-cinq ans. Et que je me réveille après tout ce temps, pleine de douleur et de chagrin, ayant perdu une partie de ma mémoire.

Je me réveille dans une prairie, la bouche, les yeux, le corps plein d'oubli. Et pourtant, j'ai rendez-vous avec quelque chose qui dépasse mon destin arrêté. Je préfère n'en rien savoir encore. Je mâche les ténèbres. Je récite les psaumes de l'oubli. Je ne sais rien de ce prochain rendez-vous. Est-il possible de ressusciter ?

Les yeux plein de larmes, je me retrouve dans un soudain printemps. Une agonie de fleurs. Je digère les pâquerettes. La terre de bruyère. Le ciel bleu et glacé. Je digère les mensonges. Les trahisons. La fin d'un amour.

Des riens
Le bleu d'une laverie

Je cherche désespérément ce qui pourrait me rattacher à la vie. J'ai entrepris de me rééduquer moi-même par le souvenir, l'évocation de sensations oubliées ou profondément enfouies.

Comme un luthier redresse l'âme d'un violon ou d'un violoncelle, je ressens le besoin de voir mon âme malade se redresser.

Je voudrais quitter ce décor. Mais ce n'est pas encore possible. Je voudrais voyager, mais pour l'instant je n'accomplis que de courts déplacements, par devoir, obligation vis-à-vis des enfants. Je me demande où est partie Alma. Il y a longtemps qu'elle m'a quittée. J'espère la rattraper bientôt.

Tandis que j'accompagne un enfant pour un stage, en Auvergne, j'apporte ma jupe, une longue jupe mauve en percale dans la blanchisserie d'un petit bourg. On y lave et repasse à la main. C'est écrit sur la porte. Et sur la porte, ce n'est pas écrit *pressing* mais *laverie.* Et d'emblée, ce mot m'enchante, comme s'il adoucissait l'air. Il me fait penser au bleu qu'on ajoutait aux lessives d'autrefois pour rendre les draps plus blancs. Je pense aussi à l'eau vive d'un lavoir, aux bras des lavandières, à l'odeur des copeaux de savon de Marseille sur leurs bras. Je me souviens comme elles riaient en racontant des histoires qui tournaient toujours autour de l'amour. Je me rappelle un gave des Pyrénées dévalant la montagne. Dans ce gave de mes vingt ans, je n'hésitais pas à m'y tremper toute entière.

Alors, dans le bleu de la laverie, c'est cette joie de l'eau vive dont je me souviens. Une seconde minuscule, je reconnais le sentiment qui m'envahit.

Une sorte de bonheur.

L'odeur du pain chaud, une nuit d'hiver

Je me souviens de mes courtes sorties. Comme celles qu'on a le droit d'effectuer après une longue maladie, dans les jardins de l'hôpital. C'est sûrement pareil dans la cour d'une prison. Je me souviens de cette impression de crever qui ne me lâchait pas. Et comme je luttais pour continuer, ce que j'appelais ma rééducation. Quand je n'en avais plus la force, j'imaginais que je suivais les traces d'Alma.

Comme elle, je marche sous les froides étoiles de cette nuit d'hiver. Les feuilles cassent sous mes pas.

Je reviens de la boulangerie où j'ai respiré une odeur d'enfance. Celle du pain qu'on vient de cuire.

Dans ce petit village très sombre, la vitrine du boulanger, déjà décorée pour Noël, seul point lumineux dans la nuit glacée, brille comme la lumière sur le perron de l'ogre. Rien que d'associer ce qui est beau et bon au perron de l'ogre, à une menace immédiate, me tord le cœur.

Pour chasser cette pensée, j'enfouis mon visage dans l'énorme miche de pain ronde et dorée, toute chaude encore. Le miracle du pain. Le miracle du blé. Celui de la terre qui donne encore, malgré les mauvais traitements. Et puis, la sueur, le savoir-faire de celles et ceux qui sont au fournil, quels que soient leur fatigue, leurs épreuves, leurs chagrins.

Tout en marchant dans la nuit, ce pain rond dans mes bras. Je pense à l'amour, à mes enfants, à mes petits-enfants. Je pense aussi que j'ai dormi plus de vingt ans, confortée, anesthésiée par une parole douce et mensongère. Par un serment trahi. Je repense à mon enfance. Rien n'a changé. Je ressens les choses pareillement. J'éprouve les mêmes émotions. On dirait que la vie ne m'a pas encore broyée.

Pourtant, je sens que l'émerveillement m'a quittée. Comme si une force occulte et mauvaise me vampirisait. Avalant chaque jour ce qui veut naître.

Cette joie simple fondée sur rien.

C'est elle que je veux retrouver.
C'est elle que je m'acharne à retrouver.

Un écrivain
Une jacinthe pour compagnie

Cet hiver, la jacinthe que j'ai achetée n'a pas fleuri. Ni aucune autre après. Chaque matin, la table était jonchée de fleurs rabougries, tristement rouillées. Les jacinthes s'étiolaient. Dépérissaient. Toutes finissaient par mourir. J'étais certaine que ces bulbes si vivaces se trouvaient monstrueusement à l'étroit dans leur pot en plastique. J'ai pensé au supplice infligé aux femmes de l'ancienne Chine. Afin d'empêcher leur croissance, de les réduire à des proportions minuscules, on comprimait leurs pieds dans des bandelettes qu'on serrait de plus en plus. Atrocement déformées, atrophiées, leurs extrémités n'étaient plus que des moignons. À force d'être contraintes, à force de sevrage, les jacinthes de cette année subissaient le même sort. Moi aussi.

De préférence bleue. Lourde et bleue, presque violette, la jacinthe reste pour moi une des joies de l'hiver, qui dans ces contrées n'en finit pas de durer. La regarder, la respirer, c'est le premier bonheur du matin avec le jour qui se lève, le chant des oiseaux, l'eau de la douche qui tombe sur mon visage et mes épaules, me donnant à chaque fois le sentiment d'une résurrection. Non pas d'une pureté retrouvée, me lavant de je ne sais quels péchés – j'aime de moins en moins le mot *pureté* – mais d'un don béni. Vestige d'un éden disparu qui m'aide à retrouver les forces nécessaires pour rester en vie. Il arrive que ma mémoire ouvre une brèche sur ces temps immémoriaux. Je me souviens de m'être baignée dans les sources d'un paradis terrestre. Une minuscule seconde, je ressens l'étincelle d'une joie perdue et pourtant présente. Je la voudrais durable, mais elle me déserte trop souvent. Néanmoins, je la sens là, enfouie, qui rejaillit à la première heure du jour quand l'eau, dont j'ai un besoin fou, ruisselle sur mon visage et mes épaules comme une cape de bonté, d'amour, prêtée par les dieux. Une cape d'eau vivifiante que les premiers rayons du soleil irisent. Une seconde, je suis enveloppée dans les couleurs de l'arc-en-ciel. Je me sens bénie, protégée de tout. Je ne suis plus dans la détresse et l'abandon. Je ne sais comment nommer cette présence mêlée à l'eau et la lumière. Non, je ne sais comment nommer cette force bienfaisante, qui un instant fulgurant s'est arrêtée sur moi. Je la prie de m'aider à ne pas perdre courage et, surtout, qu'elle m'aide à retrouver le bonheur de sourire. Mon sourire perdu.

Mais ce fluide qui jaillit d'une simple douche est un miracle pour peu de temps, sans doute, puisque notre principale réserve d'eau douce, c'est l'Antarctique. À cause de l'effet de serre, conséquence de la pollution, on l'épuise sans conscience. On le sait. On continue.

Le baiser à la jacinthe

Dans la cuisine, la jacinthe bleue violine attend le jour. Ce qui m'émerveille, c'est le contraste entre la vitre givrée où elle est restée appuyée durant la nuit et la *présence* de son parfum. Cette senteur à la fois naïve et capiteuse qu'elle exhale me bouleverse, me rappelle à la vie. De toutes mes forces, je veux croire qu'il y aura un autre printemps. Son parfum éveille en moi l'espérance d'un amour à venir. Le dernier. Forcément le dernier. Mais encore un amour. Cette folie. Oui. Encore. Comme un *Chant du cygne.*

Ce matin, c'est la jacinthe qui me retient en vie. Elle ne le sait pas, mais elle m'empêchera de mourir trop tôt. Surtout de mourir à moi-même. La respirant, voilà ce que je puise en elle. Voilà ce qu'elle me donne. Des forces nouvelles, un courage qu'elle me transmet et qu'elle ne peut soupçonner. Comment imaginer que la contemplation d'une modeste jacinthe puisse vous aider à vivre ? Petite sentinelle de la nuit, gardienne de mon insupportable chagrin, elle est maintenant proche de sa fin. Sur le carreau de givre, elle a laissé l'empreinte de ses fleurs campanules. Adorables hiéroglyphes que je prends comme d'ultimes mots d'amour, qu'avec ses dernières forces elle aurait tracés pour moi, afin de m'aider à sortir de ce chagrin. Je redresse la lourde hampe. Émue par sa moiteur, je ne résiste pas à y poser mes lèvres. Je reconnais les effluves vénéneuses, tropicales, corrompues. Je sais qu'elle exhale son parfum d'agonie. Avec ce qui lui restait de sève, sur le carreau, elle a réussi à écrire toute sa vie. Et un peu de la mienne.

Dans cette aube de neige où personne ne viendra, où personne ne m'attend, ma joue contre la vitre glacée, une dernière fois je respire son parfum ardent, mais comme *retenu.* Je lui rends grâce de m'avoir accompagnée, de m'avoir tant donné. Sent-elle qu'elle va bientôt mourir ? Je voudrais lui survivre un peu. Si je pouvais, avant de mourir, retrouver une seule étincelle de joie.

Dehors, les premiers oiseaux pépient et grappillent les graines qu'on leur a jetées. Aucun cataclysme, encore, ne les a exterminés. J'essaie d'imaginer un monde sans abattoirs, sans crimes, sans guerres. Un minuscule instant, seconde suspendue, je retrouve cette joie que je crains toujours d'avoir perdue. Je la sais aussi éphémère que l'envol de ces bulles de savon merveilleusement irisées, qui éclatent au moindre souffle de vent.

Les images de ma vie, je suis dedans. J'y suis enfermée. Pour en sortir, il me faudra toutes les revisiter. Je suis consciente d'avoir traversé la partie enchantée d'un conte. La suite viendra bien assez tôt.

LA VIE,
AUBERGE SANS REPOS

« Quelquefois, dans la nuit, on s'éveille en sursaut
Et comme un choc qui brise et qui perce les os,
On songe au temps qui fuit, aux plus belle années…
Jeunes jours dont l'accent ne peut pas revenir,
Qui nous consolera de tous nos souvenirs ? »

ANNA DE NOAILLES
Éblouissements

La vie matérielle. La vie extérieure
De multiples agonies

Hier, ma fille a demandé d'aller visiter un élevage de chevaux de traits franc-comtois.

Nous voilà dans une campagne pleine de vallons et de ruisseaux sauvages. Verte. Si verte. Un paradis de silence et d'herbe grasse où s'ébattent, semblables à leurs frères des peintures rupestres, des dizaines de jeunes chevaux.

L'homme qui nous accompagne est immense, la soixantaine, cheveux drus et blancs, l'œil bleu irlandais. L'iris infiniment clair de cet oiseau des mers, le fou de Bassan.

En sa compagnie, nous marchons à travers champs au milieu des chevaux lourds qui galopent, crinières blondes au vent. Certains viennent vers lui quand ils les appellent. Il flatte un étalon placide qui ne bouge pas à notre approche. Il se dégage de ces chevaux tant de force et de douceur, que c'est un vrai bonheur de les regarder évoluer.

Notre guide nous désigne un groupe de quatre jeunes chevaux galopant dans le vent. Quand ils s'arrêtent, on dirait qu'ils ne veulent pas se séparer. Ils ne cessent de se frotter les uns aux autres, mêlant leurs crinières blondes. De son bâton, il en pointe un, puis deux :

– Ces deux-là, ils partent à la viande
– À la viande ?
– Oui, à l'abattoir.
– Mais pourquoi ?
– Pas assez grands. Mauvais aplombs. Trop ensellés…

Il veut que nous visitions ses écuries. Brusquement, le temps se met à changer. De gros nuages crèvent. Dans une cour sale et fermée, sinistre comme celle d'une prison, tombe la pluie. Un jeune cheval y tourne comme un fou. Il tourne en rond, tape des sabots, hennit comme un forcené. Il appelle ses compagnons qui s'ébattent au loin dans les prairies verdoyantes. L'homme nous dit qu'il doit rester à jeun. Pas une poignée de foin. Pas même d'eau. Des entrailles propres. Il doit se vider. Le camion rouge qu'on voit monter lentement sur la route qui serpente dans cette campagne si bucolique vient le chercher.

Il part à la viande.

Ce goût de sang

Toute la nuit, les sabots du cheval ont tapé dans ma tête. Toute la nuit, j'ai imaginé des plans pour l'aider à s'enfuir. Toute la nuit, je me suis battu. J'ai échoué.

Au petit matin, ce goût de sang dans la bouche. Le sang d'un jeune cheval transformé en viande. Ce goût de mort accompagne ma propre vie, qui elle aussi agonise.

Y aurait-il un âge pour pleurer sur un cheval qu'on mène à l'abattoir ? Y aurait-il un âge pour s'enivrer du parfum d'une jacinthe qui semble vous consoler de tout, même de ce chagrin ? Être encore capable de pleurer, c'est peut-être un pas vers la guérison.

Sur les traces d'Alma

Je ne sais pas où a disparu Alma. Certains prétendent l'avoir aperçue ici ou là. Sur un quai de gare. Un port de pêche de la côte basque. Une auberge au bord de l'eau. Une place à Paris. On l'aurait reconnue dans une boutique de lingerie. Sur une plage immense en Bretagne, on l'aurait vu tenir un jeune homme par la main. Elle avait relevé sa jupe et courait pieds nus dans les vagues. Parfois, elle s'arrêtait et lui donnait de longs baisers sur la bouche. Elle riait, semblait heureuse. On n'aurait jamais dit qu'elle dormait. Le jeune homme, musicien, jouait du saxophone pour elle sur des plages désertes, jusque tard dans la nuit. On les a vus enlacés sur le sable ou montant les escaliers d'hôtels modestes.

Ce qui est certain, *Alma Neige* ne fait pas que dormir. Alma va où elle veut. Elle s'évade de tous les tombeaux. Elle saute par les fenêtres, glisse sous les tuiles, vole d'arbre en arbre. Par-dessus l'écume de l'océan. On croit qu'elle dort, mais elle est très agile.

D'elle ou moi, je ne sais laquelle s'évade.

Partir

Elle a décidé d'en finir avec ce lien. Cette fidélité. La sienne. Un serment tenu depuis près de vingt-cinq ans. Elle a décidé d'en finir avec ce mensonge. Ce chagrin. Avec Noël. Les cadeaux sous le sapin. Pâques. Les œufs cachés dans le jardin. Les anniversaires. Tant d'anniversaires. Trop d'anniversaires. La fête des Mères, obligée, récupérée par tous ceux qui ont quelque chose à vendre. L'agneau de Pâques. Et maintenant, le veau de la Pentecôte. C'est nouveau. C'est annoncé chez le boucher. La dinde de Noël. Le foie gras du Nouvel An. La carpe du Carême. Elle a décidé de rompre avec tout cela. Et même d'oublier un peu les enfants.

Elle va s'évader. Elle a rendez-vous. Un rendez-vous d'amour. Mais elle ne sait pas avec qui. Elle reprend sa vie. La part sauvage de sa vie. La part confisquée depuis si longtemps. Elle-même a travaillé à cette aliénation au fil des jours. Au nom de l'amour. Ce mot qu'elle n'a cessé de broder. De peindre. D'écrire. De dire. Si folle de croire en cette enluminure. Comme d'autres croient en Dieu.

Partir vraiment

Pour la première fois. Noël sans eux.

Elle organise tout. Le sapin et ses lumières qui scintilleront en son absence. Le dîner du réveillon. Les cadeaux sous le sapin. Le déjeuner de Noël. Tout est dans le réfrigérateur. Le couvert est mis. Les bougies prêtes à brûler. Partout, il y a du houx. Il y a du gui. Le feu dans la cheminée se consume doucement. On pourrait croire qu'il y a quelqu'un dans la maison. Quelqu'un d'aimant, qui attend. Mais elle n'est plus aimante. Plus de la manière dont elle a été. Et elle n'attendra plus.

Elle a préparé sa valise. Elle sait qu'elle ne reviendra pas de si longtemps. Elle a laissé un mot sur la table, écrit au feutre doré :

Joyeux Noël, mes chéris.
Je pars. Juste pour respirer.

Dans son sac, chargeur et portable, un peu d'argent. Une carte de crédit. Elle ne sait pas où elle va.

Vers l'océan.

C'est d'une étrange horreur

Mais ce n'est pas vers l'océan qu'elle va. Pas encore. Et c'est d'une étrange horreur, c'est un cafard sans nom que d'errer dans sa propre ville à la recherche d'une chambre d'hôtel. On finit par en trouver une dans un hôtel minable. Des années durant, on est passé devant en accompagnant les enfants à l'école. On ne savait pas que les hôtels sont presque toujours complets. On regarde par la fenêtre ce qu'on n'aurait jamais pu découvrir de sa ville, sans cette halte sordide. De sales petits jardins bétonnés et rouillés, qui probablement, sont le coin de paradis de ceux qui s'en occupent dès le moi de février. Couvre-lit douteux et malodorant. Rideaux grisaillants qui sentent le tabac froid. Et puis, dès qu'on sort de la chambre, montant de l'escalier, cette odeur d'oignons frits et refrits, de vieux fonds de sauces, cuits et recuits, de graisse. D'abattoir. De sang. Odeur d'immondes menstrues.

Un trottoir. Un homme
Un parapluie

Dehors, il pleut. Elle a ouvert son parapluie. C'est déjà la nuit. La ville. Les lumières. Un trottoir encombré. Il lui semble qu'elle ne sait plus marcher normalement, sans avoir l'air égaré. Impression d'avoir été larguée sur un continent étranger. Elle croise un homme qui la regarde et lui sourit. Il n'ose pas l'aborder. Elle en profite pour presser le pas.

Elle pense à cette chanson de Georges Brassens où il est question d'un coin de parapluie. D'un coin de paradis.

Toujours dans la même ville
Recherche d'un hôtel sans étoile

Errance dans la ville que je fréquente depuis plus de vingt ans. Découvrir la ville qu'on habite depuis si longtemps. L'aborder par des quartiers où l'on n'allait jamais. Marcher, marcher, le corps absent, l'âme absente, le cœur broyé, à la recherche d'un hôtel sans étoile. Bien que modestes, certains de ces hôtels, mais c'est rare, peuvent avoir beaucoup de charme. Premiers pas vers une liberté nouvelle. Arrachement, non pas à un quotidien, mais à soi-même. Arrachement à son amour. Cet amour qui était fait pour durer. Dans cet exode, je pense à quelqu'un que je viens de perdre. Je pense à elle au fond de sa tombe. Le visage tourné vers quelle résurrection ? Je pense à chacun dans sa solitude. Je pense à l'horreur du monde. Je sais que je ne devrais pas parler de mon chagrin. Une fois de plus, j'en ai honte. Mais c'est mon chagrin. Une vague monstrueuse. Je lutte, je lutte comme une folle pour m'en éloigner. Je sens bien qu'il voudrait me terrasser, me laissant à terre, bouche ouverte sur le ciel. Crevant sous le ciel. Et je les maudis ceux qui s'exclament : Regarde, c'est beau le ciel ! Tout ce bleu… Ce serait beau, surtout, de me relever. De me retrouver les deux pieds sur terre, marchant vers ma résurrection.

Finalement, j'ai trouvé un hôtel sans étoile. Pour me donner le courage de pousser la porte, j'ai imaginé que je suivais un amant. Ce n'est pas vrai. Ce n'est pas encore vrai. Mais cela m'aide, car au moment de prendre les clés, je crains toujours qu'on lise sur mon visage les marques de mon désarroi.

En retournant chercher mon bagage dans ma voiture, je remarque sur la banquette arrière un mouchoir en papier roulé en boule, probablement abandonné là par les enfants. Je le prends pour le jeter. Stupéfaite, je m'aperçois qu'il s'agit d'un agneau en plastique. Un santon de Noël. Un agneau couché. Mis à genoux. Comme moi, que la vie à mise à genoux.

Vu et entendu dans un restaurant
La femme belette

Dans ce restaurant où je suis seule pour dîner, mon cahier ouvert devant moi, j'entends les bribes de conversation d'un couple. La cinquantaine. Vilains propos de l'homme gras, adipeux, sur son ex-femme. Il fume cigarette sur cigarette. Il n'est question que d'argent. La femme qui lui fait face fume autant, osseuse et pomponnée, les cheveux frisottés par une mauvaise permanente, des lunettes à gros foyer, elle l'écoute se plaindre. Elle ressemble à une belette avide. Elle écoute l'homme divorcé lui exposer ses malheurs et se délecte de ses sales propos. Il en a marre, dit-il, marre de payer pour une pouffiasse qui n'a même plus d'enfants à élever. D'accord, elle en a eu cinq. Mais elle les a voulus, non ? Et puis, ils sont grands maintenant, les gosses, tu comprends. Entre douze et vingt ans ! Quand est-ce qu'elle va me lâcher ?

La femme belette regarde ce gros mâle vrombissant lui exposer ses malheurs tout en sirotant son apéritif du dimanche. Elle acquiesce à tous ses propos en hochant la tête. Tu vois, comme moi, je t'écoute, comme moi je te comprends. Comme je suis attentive. Il ne faut pas laisser cette garce te plumer, parce que moi, je te veux, gros mâle suffisant. Je te veux et je t'aurai.

Un autre couple s'installe. Lui, jeune et beau. Elle jeune aussi, apparemment insignifiante. Du moins, ce qu'on appelle ainsi dans notre société du paraître. Rien de remarquable, pour ceux dont les critères de beauté se trouvent dans les magazines. À peine assis, il lui prend les mains, les retourne, lui baise les paumes. Elle se métamorphose. D'un seul coup, lumineuse. Ils parlent à voix basse. Ils ne se quittent pas des yeux.

De voir tant d'amour circuler me réconforte.

Crever

Dans la rue, en traversant, j'ai entendu ce mot – crever. Il claquait comme un titre.

Un gros homme passait. Vagabond soufflé. Soufflant. Portant des sacs en plastique, innombrables. Il sentait la vieille graisse et l'urine. Énorme tas de viande qui soufflait en marchant. Bouffi. Bouffé par la vie. J'ai pensé : il ne sait pas où aller. Il est en train de crever. Il doit se sentir crever.

Ce n'est qu'un chagrin d'amour

Dans ces hôtels sans étoile, ce que je vois par la fenêtre de ma chambre, c'est toujours la même chose. Petites cours sordides, encombrées de boîtes à ordures débordantes de déchets, casiers remplis de bouteilles de bière vides, arrière-cuisines, ruelles sombres, parkings. Toutes saisons, toutes villes se confondent maintenant. Je ne connais pas une seconde d'apaisement, ni de repos. J'ai perdu le sommeil et ne me soigne pas. Je ne sais plus ouvrir une fenêtre et regarder au-dehors, éblouie de vivre comme autrefois. Émerveillée par les arbres. Un ciel ni bleu. Ni gris. Le vol d'une hirondelle. Non, je ne sais plus ouvrir une fenêtre et me pencher le cœur battant dans cet état d'amour qui fut le mien si longtemps. Et me dire : le printemps est revenu. Mon Dieu, encore un printemps…

Au lieu de me sentir au monde, de reconnaître cette sorte de félicité couler dans mes veines, je me réveille dans un brouillard de larmes. Le cœur en charpie. Dans la bouche, ce goût de cendres. Pour lutter contre mon chagrin, qui n'est qu'un chagrin d'amour, le remettre à sa juste place, je pense à la solitude de ces enfants que personne ne console, aux condamnés, aux martyrs anonymes, à ceux qui n'ont plus rien, à ceux qu'on a brûlés vifs. Dans ce monde d'atrocités, j'essaie de dépasser ce chagrin. Il va falloir vivre avec. Reprendre mon cœur. Le garder pour vivre simplement, encore un peu. Je me souviens comme il battait la chamade. Comme il s'élançait. Et comme je savais dormir d'un sommeil fabuleux. Comme je savais réparer ma fatigue, pour courir à nouveau dans la vie, lutter, reprendre courage. Aujourd'hui, je ne sais plus me reposer. Je ne sais pas réparer ma fatigue. La désolation a tout envahi, comme ces eaux qui empoisonnent lentement une ville. La montée des eaux putrides qui encerclent tout, recouvrent tout. Et continuent de tout engloutir.

Inexorablement.

L'homme que j'aimais, dont je ne peux encore me détacher, continue de faire silence. Il ne répond pas quand je lui parle. Il fait demi-tour et s'en va. Il fuit.

Si je n'étais pas retournée à la maison des bois chercher la vérité, si je n'avais pas accepté que mes yeux soient blessés à jamais par ce que j'y ai découvert, j'aurais continué à perdre mes forces vives comme on perd son sang, sans que je comprenne d'où viennent ma détresse et cet affaiblissement.

À la maison des bois, c'est mon âme que je suis allée reprendre. D'ailleurs, Alma où es-tu ? Aurais-tu repris ta place sans que je le ressente encore ?

Alma, pourrais-tu me donner un supplément d'âme, que je résiste encore un peu ?

Explique-moi. Y a-t-il des zones, des aires qu'on peut atteindre pour moins souffrir ? Cela ressemble à la prière. Je crois que j'y arrive.

Femme folle en son jardin

Par une de ces innombrables fenêtres d'hôtels sans étoile, j'ai vu une femme, vêtue d'une blouse paysanne, assise dans son jardin. Elle était de petite taille et semblait âgée. Un beau visage aux bandeaux blancs, sous un chapeau de paille. Devant elle une table ronde, recouverte d'une toile cirée aux dessins naïfs. Dessus, un pot de géraniums dont elle contemplait, des heures durant, les fleurs exubérantes, aux couleurs si vives. Parfois, elle se mettait à parler toute seule à une invisible présence. J'avais l'impression qu'elle s'adressait aux fleurs que, d'un doigt osseux, elle caressait de temps à autre.

Je me trouvais dans ce petit bourg, bien loin de chez moi, pour l'enterrement de quelqu'un que j'avais aimé infiniment. La peine causée par ce deuil s'ajoutait à mon chagrin.

Le lendemain, avant de repartir, je regardais par la fenêtre dans l'espoir de revoir la vieille dame en son jardin. Elle n'y était plus. Restait la chaise vide, la table et sa toile cirée luisante sous la pluie fine qui tombait. Restait le pot de géranium, flamboyant. Je me penchai davantage, espérant revoir la dame sur le seuil de sa porte et peut-être même lui faire un signe quand, soudain, j'entendis d'horribles cris, d'épouvantables vociférations. Deux hommes en blouse blanche encadraient la vieille femme qui se débat-tait hurlant d'une voix atroce : « Rendez-moi l'âme de mon enfant… L'âme de mon enfant est dans mes fleurs… Laissez-moi mes fleurs !… » Les deux hommes la poussèrent dans l'ambulance du Samu. Et tout fut calme.

Longtemps je demeurais à la fenêtre. Mon regard ne pouvait se détacher de la si belle plante, rose fuchsia, dont les ombelles croulant de fleurs illuminaient la grisaille de cette petite cour modeste. Pourquoi venait-on, si brutalement, de retirer à cette mère inconsolable et si âgée tout son univers ? Et jusqu'au droit de croire, d'espérer que l'âme de son enfant voletait autour du pot de géraniums dont les fleurs s'étaient magnifiquement épanouies, grâce aux soins et à l'amour que la vieille dame leur prodiguait.

Femme âgée en son miroir

J'ai toujours rêvé de rencontrer une vieille dame qui me parlerait sans réserve des choses de l'amour.

À partir de quel moment devient-on vieille ? Quand on a décidé de renoncer à l'amour ou quand l'amour s'absente de lui même ?

Nue, elle se regarde dans le miroir. Le visage va encore. Un reflet d'enfance est resté. Juste ce manque d'étincelle dans le regard. Le décolleté présente cet aspect fripé, gaufré, qu'elle supporte mal de voir. On dirait qu'il n'y a plus rien à y faire. Juste se voiler.

Les seins sont étonnement pleins. L'intérieur des bras et des cuisses est un peu triste. Elle sait pourtant qu'on peut être aimée, même follement dans cet état-là, à cause d'un mystère qui la dépasse.

Quelque chose de l'âme qui transcende ces stigmates. Quelque chose du sourire. Du regard. À cause de la longue vie qu'on a déjà derrière soi. Quelque chose d'impalpable, d'inexplicable, de singulier et qui fait tout le mystère de l'amour.

Elle se souvient d'un amant qui lui disait combien sa peau était douce. Elle se souvient aussi que trop d'hommes l'ont appelée *source.* Cela ne la flattait pas. L'inquiétait plutôt. Elle sait qu'elle a eu la constance d'une source pérenne.

Elle le regrette.

Aujourd'hui, elle se sent perdue. Mais c'est trop tard pour se sentir perdue. Trop tard. Trop vieille. Ridicule d'être perdue à son âge. Grotesque. Infamant. C'est trop tard pour les regrets.

En attendant les Rois mages

J'ai longtemps espéré les Rois mages. J'ai fini par en rencontrer. Je n'ai pas toujours su les reconnaître. Il faut du temps pour comprendre que, derrière l'apparence d'un homme ordinaire, se cache peut-être un Roi mage. Ils ne se présentent plus en longue robe, une couronne sur la tête, un coffret rutilant dans les mains. Non, les temps ont changé. Ils sont en costume, en jean. Ils conduisent une voiture. Impossible d'imaginer qu'ils sont des Rois mages.

J'ai mis du temps à comprendre. J'ai dû en rencontrer une bonne dizaine. Mais deux ou trois ont compté vraiment. Ce n'est pas si mal. C'est un peu comme l'amour qu'on attend, qu'on cherche, qu'on voudrait. C'est quand il s'est enfui qu'on comprend que l'amour, c'était ce sentiment presque fade.

Un beau couple chenu, la cinquantaine

C'est en Auvergne, au milieu du parc des volcans. Je suis venue rechercher un enfant qui termine un stage. Je dois passer une nuit dans un petit hôtel. Celui-là, à deux étoiles. Un genre de gentilhommière. Tout dans la décoration mignarde, l'accueil du personnel, étouffant, obséquieux, tout ici fait penser à un lieu de rendez-vous pour couples illégitimes.

Tandis que je suis au restaurant, je regarde les clients autour de moi. Que des couples. Certaines femmes sans grâce sont couvées des yeux par l'homme qui leur fait face. D'autres minaudent de façon insupportable. Il me semble que tous ces gens ne sont pas mariés. Je ne saurais dire pourquoi. J'essaie d'imaginer l'histoire de ces couples. Anciens ? Nouveaux ? Clandestins ? Recomposés ? En tout cas, peu de « décomposés », jusqu'à l'arrivée de celui qui s'installe à une table toute proche de la mienne.

Un beau couple, la cinquantaine, tous les deux chenus, le visage hâlé. Ils s'assoient et, quand le serveur s'approche pour la commande, je comprends qu'ils sont anglais. J'imagine aussi qu'ils sont mari et femme. Par leurs mimiques, ils se ressemblent curieusement. La femme, très volubile, explique au serveur qu'ils viennent de Provence où ils ont goûté toutes sortes de vins. Alors ils profiteront de leur passage en Auvergne pour découvrir un cépage de la région. Elle semble tout à fait heureuse à cette idée. Lui ne partage pas son enthousiasme. Ils parlent beaucoup, presque à voix basse. Une conversation très animée dont je ne saisis pas le sens.

Soudain, le ton change. La voix de l'homme me tire du cahier où j'essaie d'écrire : « *Shut up !* » a-t-il presque crié. Je les regarde. Il s'est pris la tête dans les mains et ne cesse de marteler : « *Shut up ! Shut up !* » Il est rouge de colère. Avec véhémence, elle continue de murmurer des phrases incompréhensibles pour moi, qui semblent exaspérer son mari. Dès que le serveur s'approche, ils reprennent, l'un et l'autre le ton qui convient dans la vie sociale.

Au début, j'ai cru à un couple uni. Mais ils sont dans le déchirement. Et bien plus. Ils sont dans la haine. Surtout l'homme dont le visage cramoisi ne cesse de se décomposer.

Les passagers de cette « gentilhommière » ont soudain quelque chose de mortel. Comme dans une ville de cure. J'ai un cafard noir. En entrant dans ma chambre, je me demande si au moins j'entendrai un couple faire l'amour. Mais rien. Nuit calme et mortelle dans ce beau pays, au cœur des volcans éteints.

Moi aussi, je me sens éteinte.

Quel vin ? En compagnie de quel homme ?

Avant de m'endormir, je pensais que je préférerais boire un vin modeste, voire passable, avec un homme dont je serais amoureuse, avec lequel je ferais l'amour et ce sera une fête, que de goûter un vin somptueux avec un de ces esthètes qui tout au long du dîner commentera l'étiquette de la dite bouteille et dont je sais d'avance quel ennui ce sera au lit.

Toi, vers qui je vais, dis-moi qu'il y aura encore des auberges cachées, des ronces, des prunelles, une eau vive, des baisers contre les arbres, le rire clair du matin.

Dis-moi qu'il y aura l'océan.

LE BEL AUJOURD'HUI FINISSANT

« Sur les cendres des astres, celles indivises de la famille, était le pauvre personnage, couché après avoir bu la goutte de néant qui manque à la mer. (La fiole vide, folie, tout ce qui reste du château ?) Le Néant parti, reste le château de la pureté. »

STÉPHANE MALLARMÉ
Il se couche au tombeau

Le mot fin

Vingt-cinq ans plus tard, quand elle se réveilla, Madame Neige se demanda quelle heure il pouvait être. Sur sa table de chevet, le réveil était arrêté. Il lui sembla qu'elle avait fait une longue, très longue sieste. Elle alla à la fenêtre, poussa les volets, mais ils résistaient. Les ronces les avaient scellés, s'infiltrant partout, rampant jusque dans sa chambre. Au travers d'une fente, elle regarda au-dehors. La maison était cernée par une nature sauvage. Le ciel était bleu. On aurait dit l'été. Elle murmura en elle-même :

Ô le bel aujourd'hui !...

Elle cherchait à lire l'heure sur une montre, une pendule, une horloge. Toutes étaient arrêtées. La poussière et les toiles d'araignées recouvraient miroirs, meubles, lustres, et jusqu'aux rampes d'escaliers. Le sol était jonché d'insectes morts et desséchés. Elle alla à la salle de bains. Avec une serviette, elle essuya le miroir. L'image qui apparut, elle ne la reconnut pas mais elle lui rappelait celle d'une femme qui s'était reflétée dans le mercure d'un autre miroir, enserrant amoureusement les reins d'un homme. Elle ne savait plus où. C'était dans une autre vie ou dans un rêve. Elle ressentit une violente douleur au cœur. Sa mémoire était en train de geler. Mais comme cela prenait un peu de temps, elle put encore apercevoir une ronde d'enfants qui dansaient devant ses yeux. Elle reconnut leurs visages et sourit. Elle tendit les bras, essaya de les appeler par leurs prénoms, mais elle ne se souvenait d'aucun. Tous lui échappaient. Sa mémoire fondait comme neige au soleil. Une mystérieuse force était à l'œuvre pour la lui confisquer.

Elle eut encore quelques secondes de sursis. Le temps de se revoir dans une petite maison où elle reconnaissait chaque objet. Jusqu'à l'odeur qui la submergeait. Un homme au très beau regard était là, qui l'aimait. Il se leva de sa chaise et vint l'embrasser. Elle avait les mains dans la farine. Sur la table, des œufs, des abricots, une jatte de lait. Elle reconnut la voix de cet homme, ses intonations, les mots qu'il lui murmurait à l'oreille. Puis elle entendit l'écho de son rire à elle, dont les éclats de joie lui parvinrent comme du fond des siècles. Elle aurait voulu toucher le visage de ces enfants, de cet homme. Elle eut encore la force d'appeler, comme si quelqu'un pouvait être là, vingt-cinq ans après. Puis, ce fut comme un voile noir jeté sur ses souvenirs. Un chagrin irrépressible l'envahit.

Avec ce qui restait de farine et d'amour dans sa mémoire qui s'épuisait, elle tenta de confectionner un gâteau. Ses larmes coulaient, humidifiant la pâte. C'est alors, qu'autour d'elle, tous les miroirs se brisèrent. Elle ressentit une atroce douleur dans un œil et subit ce qu'on revoit avant de mourir – les images de toute une vie. Des poignards de lumière.

Au milieu du gâteau qu'elle n'eut pas le temps de faire cuire, un tout petit éclat de verre scintillait comme un diamant. On trouva aussi un billet enfoncé dans la pâte. C'était écrit :

Je vous ai tant aimés.

RETOUR À L'ÉMERVEILLEMENT

« Et si jamais ma pauvre âme amoureuse
Ne doit avoir de bien en vérité,
Faites au moins qu'elle en ait
en mensonge. »

LOUISE LABÉ
Sonnets, IX

Baise m'encor, rebaise-moi et baise
(Louise Labé, *Sonnets,* XVIII)

Elle voulait l'océan. Elle y est. Elle a rendez-vous tout au bout de la jetée de ce port de Bretagne. Ciré noir, souliers rouges, elle marche sous la pluie. Elle court vers son amant. Et c'est le corps entier d'un jeune homme qui l'étreint, un corps dur, ardent, impatient qui cherche le sien. Elle l'embrasse à pleine bouche. Elle avait oublié ce goût de sel et d'embruns. Elle passe ses mains sous son chandail, ouvre son corsage, elle veut sa peau contre la sienne. En l'étreignant comme si elle pouvait s'enfuir, il lui dit :

Alma, j'avais si peur que tu ne viennes pas…

« L'amour est un don sans pitié parce que rien ne console de sa perte. L'amour est lié au perdu : c'est pourquoi toute perte le vérifie.

C'est la plus intense des douleurs. »

PASCAL QUIGNARD
Vie secrète, Gallimard, 1998.

TABLE

CET OUVRAGE A ÉTÉ ACHEVÉ D'IMPRIMER
SUR ROTO-PAGE
PAR L'IMPRIMERIE FLOCH À MAYENNE
EN DÉCEMBRE 2002

Éditions du Rocher
28, rue Comte-Félix-Gastaldi
Monaco

Dépôt légal : décembre 2002.
N° d'édition : CNE section commerce et industrie
Monaco : 19023.
N° d'impression : 55925.

Imprimé en France